La escritura desatada
destos libros da lugar
a que el autor pueda mostrarse épico,
lírico, trágico, cómico, con todas
aquellas partes que encierran en sí las
dulcísimas y agradables ciencias
de la poesía y de la oratoria;
que la épica tan bien puede escribirse
en prosa como en verso.

MIGUEL DE CERVANTES
El Quijote I, 47

ATRAPADO EN OTRA VIDA

MICHAEL LAWRENCE

ATRAPADO EN OTRA VIDA

Traducción de Laura Manero

Barcelona • Bogotá • Buenos Aires • Caracas • Madrid • México D. F.
Montevideo • Quito • Santiago de Chile

Título original: *A Crack in the Line*

Traducción: Laura Manero

1.ª edición: enero, 2005

Publicado originalmente en Gran Bretaña en 2003 por Orchard Books

Bailén, 84 - 08009 Barcelona (España)
www.edicionesb.com

Impreso en España - Printed in Spain
ISBN: 84-666-2205-5
Depósito legal: B. 1-2005

Impreso por Cayfosa Quebecor

Para May y Ron Knight, así como para las otras muchísimas personas que conocieron y quisieron a WB hace tantísimos años

Withern Rise, 2005

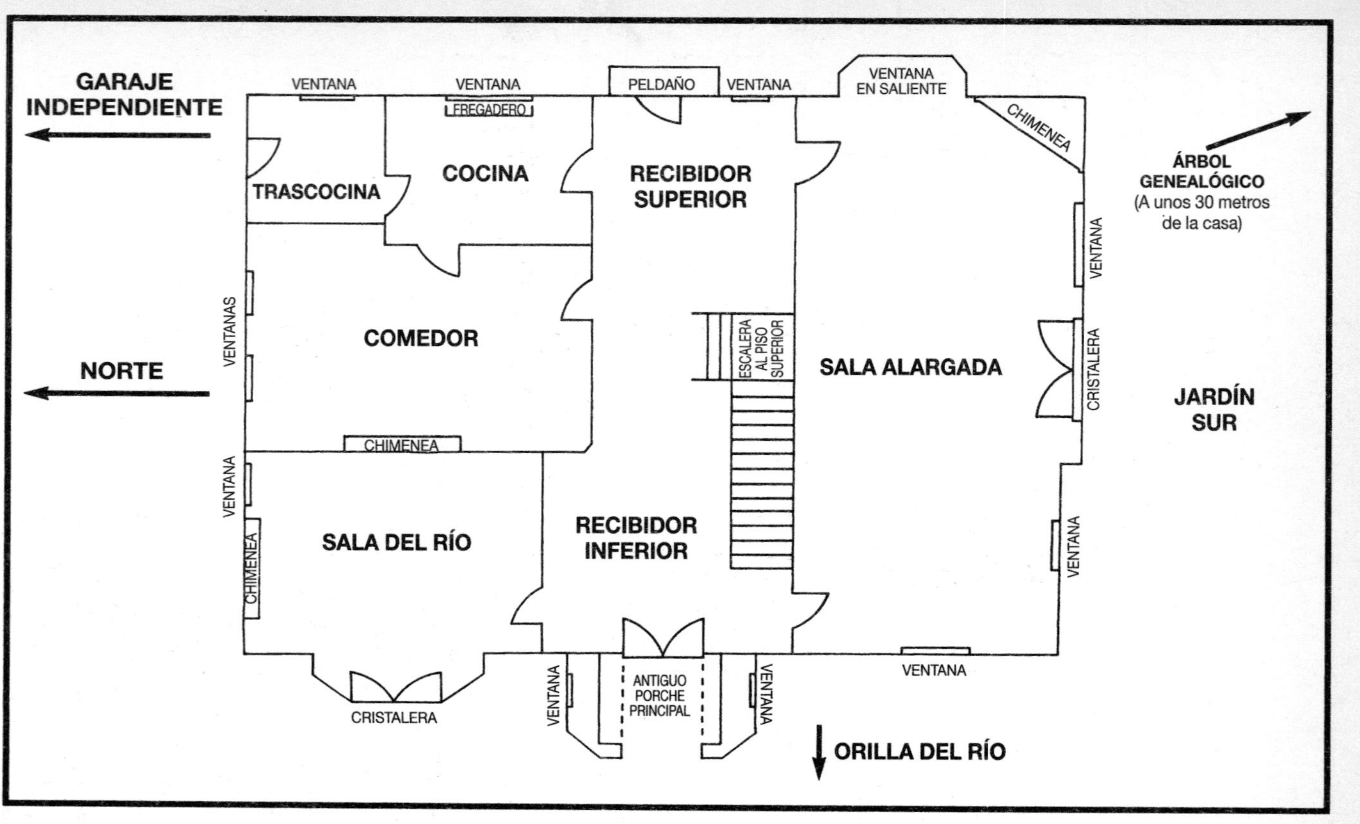

Withern Rise - Plano de la planta baja

Withern Rise, vista aérea

Nota del autor

El Lexicón de Aldous es una narración en tres volúmenes. Gran parte de la historia se sitúa en el año 2005 y trata sobre las extraordinarias idas y venidas de dos adolescentes idénticos, un chico y una chica. Todos los sucesos tienen lugar en las inmediaciones de una propiedad del siglo XIX y de considerables dimensiones, situada a la orilla de un río inglés en un condado que, en la época en que se escribe el relato, no existe oficialmente.

Esto es lo que diré con un suspiro
en un lugar y un futuro lejanos:
dos caminos divergían en un bosque y yo...
yo elegí el menos transitado,
y eso cambió totalmente las cosas.

ROBERT FROST
El camino no elegido

Lo más hermoso que podemos experimentar es lo misterioso. Ésa es la fuente de todo arte y toda ciencia auténticos.

ALBERT EINSTEIN

PRIMERA PARTE

EL CAPRICHO DE LEXIE

Día siete

7.1

A los dieciséis años, Alaric y Naia eran todo lo parecidos que pueden ser dos personas de sexo contrario. Tenían los mismos ojos oscuros y el mismo cabello castaño, la nariz recta, una boca ancha..., incluso el mismo incisivo torcido. Sin embargo, no era sólo su aspecto. Ni mucho menos. Compartían historia, ascendencia, recuerdos y habían vivido toda su vida en la misma casa, Withern Rise, donde habían ocupado la misma habitación, habían hecho las mismas cosas y bastante a menudo habían pensado lo mismo en el mismo preciso instante. Y aun así...

No se conocían.

No podían imaginar siquiera la existencia del otro.

Se arrodillaban junto a la ventana, sobre la cama —la misma ventana, la misma cama—, ajenos e invisibles el uno al otro, y miraban hacia la misma agua, los mismos árboles, el cielo de febrero. El embarcadero que había al otro lado del jardín tenía un aspecto grisáceo por la escarcha que lo cubría, y el río avanzaba con dificultad bajo las placas de hielo movedizas. Caía la nieve. Los primeros borrones suaves y blancos golpeteaban contra la ventana; se aferraban ansiosos un momento al cristal antes de perder la sujeción y deslizarse hacia abajo.

Sin embargo, mientras contemplaban idénticos copos de nieve golpear en ventanas idénticas, las circunstancias de Alaric y de Naia no podrían haber sido más diferentes. La calefacción central, para empezar. En ambas casas, la calefacción central se había instalado a la misma hora hacía veinte años, pero mientras que en casa de Naia el sistema se había revisado con regularidad, en casa de Alaric no había pasado ninguna inspección desde hacía casi tres años, con el resultado de que la caldera había dejado de funcionar hacía cinco días. La habitación de ella era acogedora y cálida, mientras que para Alaric, completamente vestido y con el grueso edredón encima, hacía tanto frío dentro como parecía hacer fuera.

Entonces, de pronto, otra diferencia. Un movimiento al otro lado del río, visto desde la ventana de él pero no desde la de ella. En los despeinados matorrales de la orilla contraria, un hombre salió de su escondite. Era delgado, bastante mayor, con un aspecto algo sórdido a causa de un abrigo negro deformado, y se quedó allí de pie mirando a la casa. Alaric pensó que sería inofensivo: algún paseante sin nada mejor que hacer en esa fría mañana invernal. Aunque nunca se sabía. A lo mejor estaba inspeccionando el terreno. Últimamente se habían producido muchos robos en las casas de por allí.

—¡Al, me voy!

La voz de su padre, en el piso de abajo, intentaba sonar alegre.

La noche anterior habían tenido una terrible discusión. Las cosas se les habían ido de las manos y habían acabado dando gritos recriminatorios y portazos, sufriendo ataques de ira cada cual en su habitación. Los ecos de la pelea impregnaban esa mañana la casa como un aire insano. Alaric esperó a que su padre repitiera la frase antes de quitarse el edredón de encima y salir con sigilo al descansillo para mirar abajo. Su padre, un enano allá abajo en el recibidor, le sonreía con expresión tensa, intentando con todas sus fuerzas despedirse amigablemente.

—Tengo que irme, hijo.

Alaric bajó con pasos pesados, en el rostro una expresión implacable, pues de momento no tenía intención de olvidar su mutuo distanciamiento. La casa parecía estar más y más fría a medida que bajaba. Su hostilidad también crecía con cada paso. Su padre lo notó.

—Al... Mira, intenta verlo desde mi punto de vista. Yo también tengo una vida, ¿sabes? Y piensa en Kate. Para ella tampoco será fácil al principio.

Kate no le importaba una mierda.

—¿Sabes qué día es hoy? —preguntó Alaric con brusquedad. El ceño fruncido de su padre lo dijo todo—. Ya me lo parecía.

Un silencio incómodo, hasta que:

—¿Tienes el número de mi móvil?

—Sí.

—No creo que vayas a necesitarlo. Liney llegará enseguida, si no acaba metida en una cuneta. Esa mujer conduce como el demonio. Si consigue llegar, solucionará todo lo que haya que solucionar.

—No necesito niñera —repuso Alaric con acritud.

Su padre agarró la pequeña bolsa de viaje que estaba a sus pies.

—Ya hemos hablado de eso. Aún eres menor de edad, lo cual significa que sigo siendo responsable de ti. Tendrás que soportarla. —Suavizó el tono con algún esfuerzo—. De todas formas sólo serán un par de días. —Intentó esbozar una sonrisa—. ¿Vienes a despedirme?

Recorrieron el largo y frío recibidor que iba de la parte de atrás de la casa hasta la puerta principal. En realidad, caminaron desde la fachada principal original hacia lo que había sido la parte posterior. Las entradas principal y trasera llevaban intercambiadas desde los años treinta. En 1884, cuando se construyó Withern, el río era una ruta comercial y social. La mayoría de los visitantes de más allá de Eynesford y de Stone, la ciudad mercado colindante, llegaban en barca. La fachada que daba al río era bastante impresionante por aquel entonces. El enladrillado era más claro, las ventanas tenían postigos pintados y a la puerta, protegida por un porche de losas de cantera, se llegaba por un tramo de escalones desde el embarcadero situado más abajo. El porche, los escalones y el embarcadero seguían allí, pero los postigos habían desaparecido hacía tiempo. Un par de tejos sombríos montaban guardia ante el porche y la hiedra se encaramaba por las paredes, aunque ahora la casa tenía un aspecto bastante común desde el río... sobre todo en invierno.

—Qué molesta es esta ventisca —dijo su padre al abrir la puerta y encontrarse con una ráfaga de nieve—. Sólo espero que sea local.

Recogió la botella de leche del peldaño y se la entregó a su hijo como un regalo de despedida, luego se subió el cuello de su vieja cazadora de aviador. Una parte del cuello quedó caída. Alaric no le dijo nada.

—Te llamaré cuando llegue. Esta tarde, no sé a qué hora.

Alaric cerró la puerta en cuanto su padre hubo descendido el peldaño, pero se quedó donde estaba, escuchando el chirrido distante de las puertas del garaje y el motor del viejo Daimler de cuarenta años que revivía entre gruñidos, los lentos neumáticos sobre la gravilla al dar marcha atrás y, finalmente, un bocinazo profundo cuando el coche se lanzó hacia la avenida de árboles que recorría todo el trecho hasta la verja.

Y entonces se quedó solo en una casa tan fría y silenciosa como una iglesia vacía. Fue a la cocina y metió la botella de leche en la nevera, maldiciendo su vida, su suerte, su mundo. Antes de que pasara la mañana llegaría su tía hiperactiva, llenaría la casa con su estúpido barullo y su comportamiento absurdo, y al cabo de un par de días su padre regresaría con esa horrible amiguita suya y nada —¡nada!— volvería a ser igual.

En eso tenía razón. Después de ese día nada sería igual, pero no por nada de lo que hicieran su tía, su padre o Kate Faraday. Ni sus más sombrías y desenfrenadas elucubraciones podrían haberlo preparado para lo que estaba a punto de sucederle. Cosas que él y nadie más que él iba a desencadenar.

7.2

Alex le alcanzó a su marido el abrigo de invierno. Él protestó diciendo que era muy incómodo conducir tanto rato llevando puesto algo tan engorroso. Ella le recordó que fuera hacía frío. Él le recordó a ella que estaría dentro del coche.

—En el coche hará frío hasta que se caliente —repuso ella—. Puedes parar en un área de descanso y quitártelo cuando tengas más calor.

—Es como vivir con mi madre —dijo Iván.

—Tu madre no habría tolerado toda esta discusión.

Él se puso el abrigo. Alex ya le estaba abrochando los botones y se lo estaba alisando antes de que hubiera metido el brazo en la segunda manga. La apartó.

—¿Quieres dejarme tranquilo, mujer?

—Vas hecho un desastre —dijo ella.

—Estoy cómodo hecho un desastre. Seguro que, si me cayera muerto en la moqueta ahora mismo, me recogerías y me guardarías antes de que llegasen los de la funeraria.

—Ni que decir tiene. —Se reclinó contra la escalera—. ¡Naia, descorcha el champán, que ya se marcha!

Arriba, en su habitación, Naia estaba intentando predecir la ruta que seguirían los pegotes de nieve en el cristal. Casi acertaba la mayoría de las veces. Los dejó para que decidieran sus propios destinos y salió. En el descansillo, miró por encima de la barandilla. Abajo, en el recibidor, su padre tenía un aspecto desacostumbradamente elegante. Estaban esperando a que bajara, luego su padre le tendió la mano y los tres se fueron juntos hacia la puerta, con él en el medio. Les puso los brazos sobre los hombros todo el rato. Eso no era nada propio de él. La más efusiva era su madre.

—Bueno, ¿qué procedimiento hay que seguir cuando no estoy?

—¿Procedimiento? —exclamaron las dos.

—Con los extraños que llegan a la puerta.

—¿No se les abre? —aventuró Alex con inocencia.

—Correcto.

—¿Cómo sabremos si son extraños a menos que abramos la puerta? —Ésa era Naia.

—Bueno, si tenéis que abrir la puerta y son extraños —respondió su padre—, no los dejéis pasar.

—¿Por qué habríamos de hacerlo, si son extraños?
—A lo mejor quieren realizar la lectura del contador.
—O sea que, si esos extraños vienen a hacer la lectura del contador —terció Alex—, ¿no tenemos que dejar que lo hagan?
—Lo que debéis hacer —dijo él con paciencia— es pedirles la identificación y, si no parece auténtica, cerrarles la puerta en las narices.
—¿Cómo sabremos si su identificación es auténtica?
—Esto es serio —dijo Iván al darse cuenta por fin de que le estaban tomando el pelo—. Nuestro vecino más cercano no sólo está demasiado lejos como para oír vuestros gritos, sino que además está sordo como una tapia.
Llegaron al final del largo recibidor. Iván abrió la puerta principal. Una ráfaga de nieve le dio en toda la cara.
—¡Qué molesta es esta ventisca! Sólo espero que sea local.
—Ni hablar —repuso Naia con alegría—. Lo dijeron anoche en el parte del tiempo. Hoy hará mal día en todas partes.
El frío invernal invadió el recibidor. Iván se subió el cuello del abrigo. Una parte del cuello se le quedó bajada. Alex se acercó para enderezarla. Él la rehuyó con una ceja teatralmente enarcada.
—Os llamaré esta noche —dijo—. O a media tarde, espero.
—Habrás vuelto antes —opinó Naia.
—Pero tendré que instalarme.
—Dar una vuelta por la ciudad con tu querida, querrás decir —añadió Alex.
—Le diré que la llamas así.

—Ya lo sabe.

Iván se echó a reír y cogió la bolsa de lona que había dejado en el suelo. Les dio un beso a las dos en la frente, salió y caminó hasta el garaje con los hombros encogidos contra los torbellinos de nieve. Madre e hija esperaron sumisamente en el umbral, tiritando un poco, mientras él abría el candado, tiraba de las grandes puertas de madera y entraba. Al cabo de un minuto oyeron el motor que se encendía. La gravilla crujió mientras el Saab plateado daba marcha atrás en un cerrado semicírculo y apuntaba el morro hacia el camino de entrada. Iván se colocó bien el abrigo y se abrochó el cinturón de seguridad.

—¡Conduce con cuidado!

—¡Buen viaje!

Las ruedas giraron con rapidez. Los árboles ralos y los arbustos que flanqueaban el camino dejaban entrever destellos plateados a medida que el coche se acercaba a la verja.

Alex cogió las dos botellas de leche del peldaño.

—No me gusta la pinta de esta nevada —dijo, enderezándose.

—Pues a mí sí —repuso Naia.

—Tú no tienes que conducir hasta allí. —Alex se estremeció con fuerza—. Recuérdame que luego vaya a cerrar el garaje.

—Para entonces podría estar lleno de nieve.

—Nada te impide a ti hacerlo ahora.

—Olvida lo que he dicho.

Alex cerró la puerta con la rodilla.

—¿Tienes planes para hoy? ¿Repasar tus asignaturas, por ejemplo?

—Mamá, aún faltan casi tres meses para los exámenes. Todavía no quiero ni pensar en ellos.

—Nunca es demasiado pronto para empezar a repasar. Quieres hacerlo bien, ¿no?

—Lo haré bien.

—Qué seguridad... Aunque, visto que estás desocupada, podrías echarme una mano en el arreglo de la casa.

A Naia se le cayó el alma a los pies.

—¡Oh, mamá! —exclamó mientras la seguía a la cocina.

Alex metió la leche en la nevera.

—Yo empezaré por arriba, tú ve limpiando aquí abajo. Es un trato muy ventajoso para ti, puedes usar la aspiradora nueva.

Salió de la cocina.

—Jolines —masculló Naia—. Jolines y mierda y maldita sea.

—Y no sueltes tacos. —Llegó la voz de su madre desde el recibidor.

—¡«Jolines» no es un taco! —exclamó—. ¡«Cabrón» sí es un taco! ¡«Hijo de perra» sí es un taco! ¡«Jodida vida de mierda» sí es un taco!

—Ah, entonces vale.

—Y eso es sólo el principio —continuó Naia, previendo una mañana soporífera limpiando la casa cuando podría haber estado sin hacer nada. Le apetecía muchísimo estar sin hacer nada.

7.3

La conocían como «la sala del río» porque su cristalera se abría al césped que descendía en suave pendiente hasta el borde del agua. Esa habitación estaba lo más lejos de la cocina que se podía estar sin subir al piso de arriba, pero en verano era tan agradable que, cuando la madre de Alaric vivía, cenaban allí casi todas las noches desde abril hasta finales de octubre, y reservaban el comedor con su ventanilla que daba a la cocina para los meses de invierno. Pero eso era antes. Ahora ya nunca usaban esa sala, ni en verano ni en invierno, y al tener la puerta siempre cerrada había cogido un olor viciado y mohoso. Nunca visitada durante las idas y venidas de Alaric y su padre, sin calefacción y con temperaturas bajo cero, también se había convertido en una de las habitaciones más gélidas de la casa.

Cuando Alaric entró en ella después de que se marchara su padre, no lo hizo por ningún motivo ni con ninguna intención en especial. Tal vez al quedarse solo en esa casa silenciosa, con un futuro tan gris, tan vacío, había empezado a pensar en su madre. Ella a menudo se instalaba en la sala del río las hermosas noches de primavera y las tardes veraniegas. Le encantaba el olor del agua, los graznidos y las refriegas de las aves, el murmullo y el balanceo del cañaveral y los juncos. A veces se sentaba a dibujar junto a la cristalera abierta. Muchos de sus dibujos estaban colgados en las paredes con finos marcos negros, al lado de pósters de exposiciones y muestras de arte internacionales a las que no había ido.

El mobiliario era algo así como un batiburrillo: un sencillo juego de comedor de los años veinte, un diván eduardiano tapizado de terciopelo azul desvaído, un aparador de palisandro sobre el que había una colección de fotografías familiares: Alaric en varios momentos de su infancia, los abuelos, la tía Liney, unos cuantos parientes más, algunos a los que hacía años que él no veía, si es que había llegado a conocerlos. En una de las fotos, de unos diez años atrás, se veía su madre en una playa de

Pembrokeshire. Llevaba un bañador negro y lucía un bronceado favorecedor. Tenía las puntas de la melena corta y rubia acartonadas por la sal de un baño en el mar. Estaba intentando ponerse seria para la cámara, pero sus ojos juguetones la delataban. Esa fotografía decía mucho de ella. Era extrovertida, alegre, de risa fácil. Alaric cogió la foto. Al verla lo había recordado todo de repente; primero lo bueno, luego todo lo demás, como un puñetazo en el estómago. Llevaba toda la mañana intentado no darle demasiada importancia a la fecha actual, pero no lo conseguía. Su padre la había olvidado sin intentarlo, pero él no. ¿Cómo iba a olvidarla? Era más fácil olvidar la Navidad o su propio cumpleaños.

Tal día como ése, hacía dos años, su madre había ido a ver una retrospectiva de Edvard Munch a la galería Tate Modern de Londres. Ya era por la tarde cuando llamó desde el tren para decir que tardaría unos veinte minutos en llegar a la estación. Diez minutos después de esa llamada, su padre salió con el coche para ir a buscarla. Alaric había estado esperando a que se marchara para poder ver un vídeo sexy que le había dejado Garth Noy. Subió corriendo a su habitación, lo sacó de la mochila, bajó la escalera a saltos, de tres en tres peldaños, y metió la cinta en el reproductor. Ya estaba en plena acción cuando su padre, que había aparcado el coche junto a la estación, entraba para esperar el tren junto con otras personas que habían ido a recibir a familiares o amigos. Quince minutos después, aún seguían esperando con un desconcierto y una irritación crecientes cuando anunciaron por los altavoces que el tren procedente de King's Cross había descarrilado a un par de kilómetros de allí. Se temía que hubiese víctimas mortales. Más adelante les dirían que un solo raíl había sido responsable del accidente. Debilitado ya por una «fractura de fatiga por la fricción de las ruedas», las frías condiciones meteorológicas de las últimas semanas habían dejado el raíl tan quebradizo que, justo cuando las ruedas de ese tren llegaron a ese punto en esa tarde en concreto, la sección se había partido en más de trescientos pedazos, como si fuese de cristal. A pesar de su mole ingente y de su peso, la locomotora había salido disparada hacia el cielo con un rugido chirriante y se había llevado consigo dos vagones. La madre de Alaric iba en uno de esos vagones. En el preciso instante en que ella salía catapultada por el tren, Alaric, en casa, se preguntaba si tendría tiempo para hacer una excursión al baño. La razón por la que no lo hizo fue que estaba demasiado absorto en las sudorosas travesuras del vídeo. Cuando su padre llamó desde la estación, el chico dejó en espera una escena especialmente picante. Agarró el teléfono bastante distraído. Al oír lo que había sucedido, el pulgar apretó sin querer el mando a distancia. La cinta se puso en marcha, con efectos sonoros y todo.

—¿Qué es eso? —preguntó su padre—. ¿Hay alguien contigo? ¿Estás bien, Al?

Alaric paró el vídeo.

—¿Qué quieres decir con un accidente?

—El tren desde el que llamaba tu madre. Voy hasta allí. No puedo quedarme aquí sin hacer nada.

—¡Yo también quiero ir!

Su padre fue a buscarlo y luego se dirigieron al lugar del siniestro a una velocidad temeraria.

El tren descarrilado parecía el cadáver de una serpiente gigantesca irguiéndose hacia al cielo nocturno. Una nube de volutas de humo y polvo colgaba sobre la escena mientras los equipos de rescate destrozaban las ventanas de los vagones o intentaban dar consuelo a los que ya habían sido liberados, que estaban de pie en pequeños grupos estremecidos o sentados a solas, envueltos en mantas, observando. A los familiares y demás observadores —Alaric y su padre entre ellos— les dijeron que se mantuvieran apartados mientras los bomberos serraban y practicaban aberturas en los vagones retorcidos. Lámparas de arco iluminaban la escena y recogían hasta la última y lenta mota de polvo que caía mientras las cámaras de televisión grababan y los periodistas entrevistaban a los supervivientes para los espectadores que estaban cómodamente sentados en casa. La noche estaba impregnada de voces que bramaban órdenes y gritaban pidiendo ayuda, el llanto de niños pequeños y bebés que seguían dentro del tren, el furioso chirrido de las sierras mecánicas, los golpetazos y el estrépito de mazas enormes. Alaric había visto muchísimos desastres y tragedias por televisión: choques en cadena en las autopistas, accidentes aéreos (fortuitos o preparados), alcantarillas por las que fluía la sangre de villanos e inocentes asesinados, la carnicería producida por atentados suicidas, terremotos que dejaban a huérfanos harapientos berreando entre los escombros en busca de sus padres muertos. Había crecido con esas imágenes contenidas por los límites de la pantalla y pocas veces le habían afectado mucho. Era el mundo de otra gente, el horror de otra gente. Una especie de entretenimiento. Sin embargo, esta vez le tocaba a él. De manera extrema. De vez en cuando liberaban a algún pasajero más o lo ayudaban a salir. Alguien se alejaba, con o sin asistencia. A algunos se los llevaban en camilla, unos cuantos de ellos con el rostro cubierto.

—¡Papá, ésa de ahí podría ser mamá!

—Pronto lo sabremos. Tenemos que esperar, no podemos hacer más.

—Pero, papá...

—Tenemos que esperar, Al.

Un cura estaba intentando dar consuelo a los familiares angustiados. Al llegar a Alaric y su padre, les preguntó si tenían a alguien en el tren.

—Esposa y madre —espetó el padre de Alaric con cierto desdén.

—Puede que ellas no se encuentren entre los... —empezó a decir el cura con delicadeza, ajeno al desprecio de su interlocutor por todas las iglesias y todas las fes.

Una mirada iracunda se clavó en él.

—¿Ellas? Es una persona. Mi esposa y la madre de mi hijo. ¿Y puede que no se encuentre entre los qué? ¿Los muertos? ¿Era ésa la palabra que buscaba?

El cura se encogió, incómodo.

—Rezaré por ella.

—¿Que rezará? —gruñó el padre de Alaric—. ¿A quién? Mire a su alrededor. ¿Todavía no ha caído en la cuenta, amigo? Allí arriba no hay nadie.

La sacaron a eso de las dos de la madrugada. No le habían cubierto el rostro, pero tenía los ojos cerrados. Cuando le hablaron, no los oyó. Tampoco dio ninguna señal de sentirlos mientras le sostenían las manos en la ambulancia. En el hospital se la llevaron deprisa y corriendo y los dejaron en un pasillo, angustiados y desesperados, incapaces de mirarse. No eran los únicos familiares que esperaban noticias. Una pareja de mediana edad acababa de recibir una mala nueva y estaban abrazados, sollozando discretamente. Al cabo de un rato, el padre de Alaric fue en busca de información. Cuando regresó tenía la cara lívida.

—No pinta nada bien, Al. Van a operarla, pero... Tengo que decírtelo, no le dan más que un cincuenta por ciento de posibilidades.

Un cincuenta por ciento de posibilidades. Cincuenta por ciento, cincuenta por ciento, esas palabras habían dado vueltas y más vueltas en la cabeza de Alaric durante el resto de la noche. Más tarde, cuando todo hubo terminado, las palabras regresaron para atormentarlo con la pregunta ineludible: si ésas eran las probabilidades, ¿por qué no lo había conseguido? Había tenido una buena oportunidad. Podría haber vivido.

Pero no.

Dolor, desesperación, un mes tras otro de soledad vacía y dolorosa. También rabia, porque su madre se había marchado sin ningún aviso, sin decirle adiós siquiera. Se sentía abandonado y traicionado... y avergonzado de sí mismo por lo que había estado haciendo en el momento del accidente. Un vertiginoso cóctel de amargura, dolor y culpabilidad. Todo el mundo le decía que se le pasaría, y tenían razón, se le pasó. Sin embargo, mientras que todo lo demás se fue disolviendo poco a poco, la pérdida y la ausencia no acababan de irse, siempre estaban allí, tiñéndolo todo, oscureciéndolo, distorsionándolo.

Cuando volvió a dejar la fotografía de su madre sobre el aparador tenía lágrimas en los ojos. Las lágrimas le impedían ver con claridad y golpeó algo con el dorso de la mano. Al ver lo que era, otro recuerdo le vino a la mente. Hacía tres años y medio, él llegaba del colegio y cruzó el jardín desde la puerta de la verja. Su madre lo vio por la ventana de la cocina y salió corriendo, tiró de él con entusiasmo para que entrara y le enseñó un objeto polvoriento que había sobre la mesa vieja y destartalada.

—¡Mira lo que he encontrado en el desván!

Era una cúpula de cristal con forma de campana, de unos treinta centímetros de alto, sobre una base redonda de madera. Contenía un complicado centro de frutas de cera, amorfas en algunos lugares y desvaídas a causa de la prolongada exposición al calor y la luz directa del sol en décadas anteriores. No le impresionó.

—¿Sabes lo que es? —le preguntó su madre.

Alaric se encogió de hombros.

—Un montón de fruta vieja y mohosa en un cacharro de cristal.

—Es un fanal victoriano. Tal vez eduardiano, no lo sé con seguridad, no soy una experta.

—¿Un fanal?

—Así los llamaban. Ningún salón ni ninguna sala de estar respetable estaban completos sin uno en el aparador, en la repisa de la chimenea o en una mesita. Ahora ya no se ven muchos, aunque yo he visto algunos ejemplares preciosos en museos.

—¿Todos llenos de fruta pasada?

—Fruta, caracolas, flores artificiales, hierbas y helechos secos, pájaros disecados, pequeños animales.

—Puaj.

—Sí, a mí tampoco me convenció lo de los animales muertos, pero algunos de los adornos estaban elaborados con mucho gusto. Este fanal debió de ser muy bonito en su época.

—¿Vale algo?

—No en estas condiciones. Me encantaría saber si lo compraron hecho o si lo confeccionó la señora de la casa.

—¿Qué señora, qué casa?

Con mucho cuidado, su madre le dio la vuelta al fanal. En la base había una pequeña etiqueta amarillenta con unas letras manuscritas y desgastadas. Alaric sólo consiguió leer *Elvira Underwood, 1905.*

—Nunca había oído hablar de ella.

—Era la esposa del propietario original de Withern. Él construyó esta casa en la década de 1880, vivió aquí hasta su muerte... en 1905.

—Ese chisme no puede haber estado en el desván todo ese tiempo —dijo Alaric—. Hace bastantes años que ningún Underwood vive aquí.

—Dieciséis —repuso su madre, que había estado investigando la historia familiar de los Underwood—. Hay dos posibilidades. O tu bisabuela guardó el fanal en el desván cuando vendió la finca en 1947, y los nuevos propietarios nunca se deshicieron de ella; o el abuelo Rayner lo puso allí cuando compró de nuevo la casa en los años sesenta.

—¿No estarás pensando en colocarlo a la vista, verdad?

—¡Claro!

—Pero es que está tan... estropeado.

—Bueno, con la fruta no hay nada que hacer —admitió su madre—. Pero el cristal y la base siguen intactos. He pensado en hacer algo yo misma para ponerlo dentro.

—¿El qué?

—Aún no lo sé. Algo.

Tres años y medio después, Alaric recordaba el entusiasmo con el que su madre se había puesto a trabajar en el proyecto. Estaba acostumbrado a verla hacer cosas, pero no fue hasta después de su muerte cuando se dio cuenta del verdadero talento que tenía su madre. Había logrado hacer muchísimas cosas con las manos, pero apenas había sacado provecho de sus numerosas creaciones. Para ella, el provecho no había sido más importante que el reconocimiento de su talento. El poco reconocimiento que había obtenido había sido el de sus estudiantes de la universidad, donde daba clase de Arte y Manualidades a tiempo parcial: a adolescentes durante el día, a adultos dos tardes por semana.

La confección de un nuevo centro para el viejo fanal había ocupado gran parte de su tiempo libre aquel otoño. Trabajaba en secreto y a puerta cerrada en su pequeño estudio (un cobertizo de madera, en realidad) junto al garaje. Lo único que sabía Alaric era que su madre estaba tallando un trozo de madera del roble que habían desmochado hacía poco en el jardín sur: «el árbol Genealógico», como lo llamaban ellos. A veces la veía salir corriendo al jardín para tomar fotos de la casa, pero, a pesar de sentir curiosidad, no conseguía sonsacarle nada. Cuando por fin la obra estuvo terminada, su madre empujó a Alaric hasta la cocina y lo dejó de pie ante la mesa. Había cubierto el fanal cuidadosamente con un paño de cocina y, sólo cuando se convenció de que su hijo estaba preparado y ansioso por verlo, quitó de pronto la cubierta con una exclamación teatral:

—¡Contemplad! ¡El capricho de Lexie!

El desgastado centro de fruta de cera había sido reemplazado por una réplica de madera laboriosamente confeccionada de su casa. Era fiel al original en todo detalle, no había nada remotamente «mono» en el Withern Rise de la cúpula de cristal. Allí donde había un ladrillo desconchado o un caño roto en la casa de verdad, también el modelo lucía un ladrillo desconchado y un caño roto. Incluso las tejas grises de los tres tejados, desde los que se alzaban cuatro altas chimeneas, estaban delineadas una a una y pintadas para que parecieran tejas de verdad.

La referencia principal para hacer el techo había sido una foto aérea, tomada cinco o seis años antes, que colgaba en el recibidor. Alaric se dio cuenta de que una de las pequeñas chimeneas estaba algo inclinada, igual que en el tejado real, y de que incluso había una grieta en una ventanita lateral que se correspondía con una grieta de la ventana de la trascocina del lado sur. En cuanto a la hiedra, era un verdadero milagro. Estaba tallada, desde luego, igual que todo lo demás, pero parecía tan viva como la hiedra auténtica que se encaramaba por las paredes de la casa.

—¿Cómo lo has llamado? —preguntó él.

—El Capricho de Lexie.

—¿Capricho?

—Un capricho es un edificio, o unas ruinas, sin ninguna utilidad práctica, construido sólo por diversión, o por antojo, o para conmemorar algo. —Lo miró a los ojos—. ¿Te gusta?

—Es increíble.

—Sí. Estoy bastante satisfecha conmigo misma.

El capricho de Lexie o, como lo llamaban más a menudo, «el Capricho», fue el término que acabó por designar al fanal de la cúpula de cristal. Lo colocaron en el aparador de palisandro de la sala del río, donde Alaric no tardó en acostumbrarse a él tanto como a cualquier otro objeto y dejó de mirarlo con asombro. Desde la muerte de su madre apenas lo había visto, sus visitas a esa sala eran muy poco frecuentes. En ese momento sólo lo estaba mirando porque le había dado un golpe sin querer. Con todo, al instante quedó cautivado de nuevo, maravillado por cada detalle, por la exactitud, la habilidad de la mano que lo había tallado y pintado. Pese a estar cubierta de polvo, la cúpula de cristal lograba reflejar la nieve que caía al otro lado de las ventanas de la sala y Alaric descubrió que, si se agachaba y contemplaba la pequeña casa con los ojos entornados, era como mirar a la casa de verdad a través de una tormenta de nieve. Su imaginación puso luces en las minúsculas ventanas, calor en las salas que había tras ellas, y en su interior creció un intenso anhelo por el Withern Rise cuya réplica exquisita su madre confeccionara con tanta minuciosidad. Withern tal como había sido cuando ella estaba con ellos. Cuando eran una familia.

En algún momento, mientras la mirada de su imaginación se paseaba por la casita perfecta, puso las manos sobre la cúpula. No le dio importancia al cosquilleo que sintió en las palmas de las manos, pero no pudo evitar prestar atención al dolor insoportable que recorrió todo su cuerpo justo después. Sus manos salieron repelidas del Capricho, pero el dolor no disminuyó al poner fin al contacto. En todo caso se intensificó y lo obligó a doblarse por la mitad. No duró más que quince o veinte segundos, pero la agonía fue tan punzante que, cuando empezó a remitir, Alaric se quedó encorvado y con los ojos cerrados temiendo que volviera a pasarle. Sin embargo, algo le tocó la mejilla. Algo húmedo y muy frío. Abrió los ojos. Unos copos de nieve danzaban alrededor de su cabeza, como luciérnagas embriagadas. ¿Nieve? Miró en derredor, demasiado ofuscado para asombrarse. Estaba sobre la hierba. Ramas y ramitas entrelazadas llenaban el cielo. Estaba en el jardín sur, bajo el árbol Genealógico. «¿Qué estoy haciendo aquí? —pensó—. Tendría que estar dentro, en la sala del río, no...»

Paredes, un techo y muebles se formaron a su alrededor. El árbol, la hierba y el jardín se desvanecieron. Cayó de espaldas, conmocionado, sobre el suelo de la sala del río. Sintió formas, colores, olores que no eran del todo los que tenían que ser, pero antes de que pudiera investigar nada de eso oyó algo que lo obligó a no pensar en nada más: una voz justo tras la puerta. Y entonces la puerta se abrió y entró alguien. Una chica de su edad que chilló al verlo, dio un salto atrás y se lo quedó mirando con una expresión de pavor. Una expresión muy parecida a la de él.

7.4

Fuera lo que fuese lo que Naia esperaba encontrar al entrar en esa sala, no era un adolescente agazapado en el suelo. Dio un paso atrás y se golpeó con la puerta, que se cerró enseguida, mientras tartamudeaba:

—¿Quién...? ¿Quién...?

Y oyó que el chico farfullaba esa misma pregunta. Intentando recuperar la compostura, Naia quiso saber entonces qué estaba haciendo en su casa y de nuevo lo oyó pronunciar sus mismas palabras, en el mismo instante.

Fue él quien logró interrumpir la serie de repeticiones, poniéndose en pie de un salto y preguntando, con mucha agresividad, qué estaba haciendo ella allí.

—Sea lo que sea —añadió—, te has metido en la casa equivocada. Aquí no tenemos nada que merezca la pena birlar.

—¿Que me he metido...? —Las mejillas de Naia, que habían empalidecido, volvieron a cobrar color. ¿Quién era ese chico? ¿De qué estaba hablando? Miró hacia la cristalera. Estaba cerrada y no parecía que nadie la hubiera forzado—. De todas formas, ¿cómo has entrado?

Él no le quitaba los ojos de encima. No se atrevía a

perderla de vista. La chica había mirado a la cristalera. ¿Por qué? ¿Con la esperanza de que él también mirara y poder golpearlo con algo? Sí, eso era. Llevaba un objeto en la mano, junto a la cadera, sin duda alguna clase de arma.

—Te doy un minuto —dijo Alaric, haciendo caso omiso de las preguntas de la chica e intentando parecer más osado de lo que se sentía—. Si después sigues aquí, cogeré el teléfono.

En la sala del río no había teléfono, pero tenía que decir algo que sonase a amenaza. Era como si lo hubiese leído en algún manual para ese tipo de situaciones. Por desgracia, la chica no parecía intimidada.

—¿Que vas a coger el teléfono? ¿Para llamar a quién?

—A las hadas del final del jardín, ¿a quién crees tú? —repuso Alaric con ira. Ya mientras lo decía, sintió ganas de patearse a sí mismo hasta pedir clemencia. ¿Las hadas del final del jardín?

Naia se echó a reír. No pudo evitarlo.

—Voy a decirte una cosa. Tú llama a las hadas, yo llamaré a mi madre y así podremos charlar agradablemente hasta que llegue la policía.

La mención de la policía —y de la madre de ella— sobresaltó mucho a Alaric. Se amilanó. Ansiosa por sacar provecho de su ventaja, Naia agitó la pieza letal de la aspiradora, esperando que así el chico la tomase por una dura contrincante. Y ahora, iba a hablarle bien claro.

—No te lo mereces —le dijo—, pero voy a ser generosa. Huye por esa puerta cristalera y no le diré a nadie que has estado aquí. Pero si te quedas y sigues discutiendo conmigo iré a buscar a mi madre. Ése es el trato.

Bueno, se había expresado de forma contundente. Como en una serie mala de policías de la tele. Pero sus palabras parecieron cobrar efecto. El chico pareció aún más asombrado... o preocupado, era difícil de decir. Su silencio le dio a Naia una oportunidad de mirarlo con más atención y fue entonces cuando vio lo que desde el principio tendría que haber visto: que iba calzado con zapatillas de andar por casa y no con zapatos, y que no iba vestido más que con una sudadera.

—¿Y tu abrigo? —preguntó—. No puedes haber salido sin abrigo con el tiempo que hace. —Miró alrededor. Ni rastro—. ¿Te lo has quitado en otra habitación? ¿En cuál? ¿Ya la has registrado?

Tal vez Alaric habría intentado dar algún tipo de explicación, o tal vez no, si no hubiese crujido un tablón del suelo de arriba. Dio un salto como si le hubieran propinado una bofetada.

—¿Qué ha sido eso?

—Mi madre —dijo Naia—. No me creías, ¿verdad? Pensabas que estaba sola.

—¿Qué hace tu madre arriba?

—Oh, ya sabes, lo normal. Recoger el desorden de mi padre, tirar cosas por el retrete, hacer las camas...

—¿Hacer las camas? No tiene ningún derecho a hacer las camas.

—¿Que no tiene derecho? Eso le encantará. Espera, le pegaré un grito y así se lo podrás decir en persona.

Abrió la puerta y ya estaba a punto de asomarse fuera cuando él se le acercó de un brinco y la obligó a dar media vuelta. Después de cerrar de un portazo, Alaric se interpuso entre la puerta y la chica, impidiéndole la salida. Tenía los ojos desorbitados, estaba exaltado y era potencialmente peligroso. Ella lo sabía, pero no tenía intención de dar muestras de debilidad ante una escoria como él.

—No te apetece mucho conocer a mi madre, ¿verdad?

—Lo único que quiero es que te vayas —dijo Alaric con seriedad—. Aquí no tienes nada que hacer. Puede que tengamos una casa grande, pero no somos ricos ni nada.

Esta vez fue Naia la que se quedó de piedra. Parecía que el chico creía de verdad en lo que estaba diciendo.

—Es que no entiendo qué te propones —repuso—. Vamos, ¿qué está pasando aquí?

—Dímelo tú —contestó él.

—¿Cómo te llamas?

—¿Cómo me llamo? ¿Y a ti qué te importa?

—A mí no me importa. Estoy intentando darte un respiro, nada más.

—Vale, te diré cómo me llamo. Alaric Underwood, y mi padre sólo ha salido para ir al pueblo. Volverá en cualquier momento y entonces estarás en un lío.

Naia frunció el ceño.

—¿Underwood?

—Ah, ya lo habías oído, ¿verdad?

—Podría decirse que sí. Pero ya estoy harta de esto. Si alguien que dice ser tu amigo te ha metido en este enredo, estás perdiendo el... —Se detuvo. El chico estaba mirando fijamente por encima del hombro de ella hacia el fondo de la habitación—. ¿Y ahora qué?

Él no respondió. No parecía capaz de hablar. Naia miró en la misma dirección. El espejo de la pared. El chico estaba comparando su reflejo con la cara de ella. Naia se inclinó un poco para intentar ver qué lo tenía tan asombrado y entrevió la mitad de su rostro junto al de él. Dio un paso atrás para verse mejor, con más perspectiva... y lanzó una ahogada exclamación de asombro.

—Casi se diría que somos parientes. —Se volvió de nuevo hacia el chico—. ¿Has dicho que te apellidas Underwood? Estabas de broma, ¿verdad?

—¿Por qué iba a bromear con mi nombre?

—Porque yo también me llamo así. Pero tú ya lo sabías, tenías que saberlo. Esto es algún tipo de tomadura de pelo.

—Estás loca.

—Uno de nosotros lo está.

Naia se inclinó hacia delante y le asió de la barbilla. Él apartó la cabeza, pero ella volvió a asirlo. Esta vez el chico se dejó y Naia le ladeó la mandíbula para examinarle la cara desde diversos ángulos.

—Los mismos ojos —dijo—. La misma nariz, las orejas, la mandíbula, el color de pelo, todo.

Alaric estaba a punto de responder cuando un cajón se cerró con estrépito en la habitación de arriba. Sus ojos se posaron enseguida en el techo, como pájaros espantados. Alguien estaba arrastrando un mueble en el piso superior. Sintiéndose de pronto atrapado y en inferioridad numérica, tanteó tras de sí para buscar algún apoyo, pero al no encontrarlo casi se cayó de espaldas. Se volvió hacia la sala.

—¿Dónde está la mesa? ¿Las sillas?

—Nos deshicimos de ellas —dijo Naia.

—¿Que os... qué?

—Van a traer un nuevo juego de comedor. ¿Quieres decir que no lo sabías? —preguntó con una sonrisita—. Pero si creía que ésta era tu casa...

Alaric miró alrededor por primera vez. Literalmente por primera vez. El tapizado azul desvaído del diván había sido sustituido por un suntuoso terciopelo rojo. Las cortinas eran de ese mismo tejido, muy distintas de las antiguas, de color arena, que deberían colgar allí. La moqueta y la lámpara eran nuevas, y había un jarrón con flores en el alféizar. El aparador de palisandro seguía en su sitio, pero hacía mucho que Alaric no lo veía relucir así. Sobre él había fotografías, algunas de las cuales no reconoció, junto con muchos adornos nuevos y —muy resplandeciente, para variar— el antiguo fanal: el Capricho de su madre. ¿Cómo podía no haber reparado en todo eso? ¡Ni siquiera le había extrañado la calidez de la habitación!

Su mirada se desplazaba veloz de un objeto a otro, intentando asimilarlo todo de una vez. En las paredes había cuadros que conocía y cuadros que no. Entre estos últimos se encontraba una serie de fotografías en blanco y negro de rascacielos de Nueva York, paisajes de desiertos, árboles nudosos y retorcidos. En otra pared colgaba una instantánea muy grande, en blanco y negro, en la que una joven, desnuda, se inclinaba sobre un aguamanil junto a una ventana con un postigo basto y astillado. En el suelo de losas irregulares había una jarra de agua y un almirez con su mano de mortero. La fotografía, titulada *Le Nu Provençal*, era obra del fotógrafo francés Willy Ronis y Alaric la conocía muy bien, recordaba cada detalle, en especial la joven del aguamanil: la luz de la ventana le iluminaba los hombros, el contorno de los muslos y las nalgas, y le insinuaba el perfil de los pechos. Cuando la vio por primera vez, la fecha de la fotografía, 1949, lo había sorprendido casi tanto como la propia muchacha, porque no podía quitarle los ojos de encima, ni siquiera después de darse cuenta de que debía de haber nacido unos años antes que cualquiera de sus dos abuelas y que ahora tendría ochenta y tantos. Su madre había comprado la copia un par de meses antes de morir, y le había estado buscando un marco adecuado; pero no lo había conseguido. Sin embargo, allí estaba la foto, en la pared, enmarcada.

Alaric giró sobre sus talones.

—¡Ésta no es mi casa!

Naia aplaudió con suavidad.

—¡Por fin!

Él le dio la espalda. No existía. No lo permitiría. Nada de eso existía. Buscó algo familiar; lo encontró sobre el aparador. Se abalanzó sobre el Capricho, puso las manos sobre la cúpula de cristal, cerró los ojos para hacer desaparecer esa falsa habitación luminosa. Esta vez no sintió dolor. En algún lugar detrás de él, la chica le lanzaba preguntas, pero él descubrió que era fácil no hacerle caso mientras le diera la espalda. Y entonces ella se quedó callada, el aire se volvió muy frío y Alaric ya no tenía nada entre las manos. Abrió los ojos. Volvía a estar en el jardín sur, bajo el árbol. Bien. Pero eso no era suficiente. «¡Aquí no!», gritó. Una pequeña pausa, luego cuatro paredes, un suelo y un techo se formaron a su alrededor, también los muebles de siempre en el estado de siempre. Lo primero que vio cuando lo envolvió la fría soledad de la auténtica sala del río fue el Capricho sobre el aparador polvoriento. Cayó de rodillas con un humillante alivio.

7.5

Estaba buscando algo para beber en la cocina cuando sonó el timbre. Liney. La última persona que necesitaba en ese momento. Aparte del hecho de que de repente tenía bastante sobre lo que pensar, en cuanto la dejara pasar, su tía se haría cargo de la casa y de su vida hasta que su padre regresara con Kate, maldita Kate, momento en el que sería ella la que se impondría en su lugar. Resultaba tentador no dar pie a la primera fase de ese sombrío futuro fingiendo que había salido y esperando que Liney diera media vuelta y se fuera conduciendo a su casa. La razón por la que no lo hizo fue que había tantas probabilidades de que su tía se marchara como de que las ranas criaran pelo. Esa vieja bruja chiflada montaría guardia hasta que llegara alguien o entraría a la fuerza.

Lo primero que le dijo al entrar fue:

—Dios mío, ¿es que no habéis oído hablar de la calefacción? —Alaric le informó de que la caldera estaba *kaputt*—. Me tomas el pelo —repuso ella. Él lo negó—. ¿Quieres decir... que no hay agua caliente?

—No, sí que hay agua caliente, usamos el calentador eléctrico. Sólo estamos sin calefacción.

—¡Sólo sin calefacción! ¿Es que no sabe el malnacido de tu padre que estamos en pleno febrero y que está nevando?

—Me parece que sí.

La tarde lo sorprendió sentado en el viejo escabel de cuero de la sala alargada, con un millar de piezas de un puzle desparramadas sobre la gran mesa auxiliar que había ante él.

—He pensado que te gustaría —le había dicho Liney al darle *Las paradojas e ilusiones ópticas de M. C. Escher.*

—¿Ah, sí? —repuso él con incredulidad, pensando: «Estás más loca aún de lo que creía.»

Sin embargo, se había sentido obligado a empezar el puzle porque, aunque conocía a su tía desde siempre, todavía se sentía algo intimidado por ella. De vez en cuando, mientras él estaba encorvado sobre el puzle, ella aparecía a su lado como un geniecillo no deseado y se abalanzaba sobre una pieza que él quizás estaba buscando, y la ponía en su lugar. Otra cosa irritante que echarle en cara. Pocos habrían adivinado, al verlas, que la madre y la tía de Alaric eran hermanas. Mientras que su madre había sido de estatura mediana, robusta, con el pelo corto y rubio y ojos azules, Liney era alta y angulosa, con ojos como grandes caramelos verdes. El pelo rojizo y encrespado le crecía hacia arriba como un seto mal recortado, de modo que le daba una expresión de sobresalto permanente. Alaric había afirmado más de una vez que parecía una bruja. Pero, aunque él no lo sabía, Liney tenía una definición mejor. A ella le gustaba decir que su hermana había salido a su madre mientras que ella había salido al perro.

El puzle de Escher no era lo único que retenía a Alaric en la sala alargada. Liney había descubierto una estufa eléctrica de cuatro barras en uno de los armarios de debajo de la escalera, había arrancado el enchufe al ver que se negaba a funcionar, había arreglado los cables y lo había enchufado, cerrando los ojos por si lo había hecho mal. Al cabo de nada, advirtió encantada que el polvo de los viejos elementos empezaba a sisear de forma agradable. Después apareció un tenue brillo que poco a poco se fue haciendo más intenso y Liney se puso a dar brincos como un saltamontes electrocutado. Alaric se negó a mostrar o expresar complacencia, pero no rechazó la pequeña fuente de calor. Una escena acogedora, en potencia: encorvado sobre un puzle y una pequeña estufa eléctrica mientras la nieve golpeteaba en las ventanas e iba transformando el jardín en una tierra diferente; pero él no veía nada de eso. Sus pensamientos volvían una y otra vez a la aventura de la mañana. Enseguida había desechado la explicación fácil de que debía de haberse desmayado o haber caído en una especie de sopor y haberlo soñado. La otra sala del río y la chica que parecía estar tan cómoda allí no podían ser construcciones fantasiosas de su inconsciente. De eso estaba completamente seguro, pero no lograba ir más allá. En comparación, *Las paradojas e ilusiones ópticas de M. C. Escher* eran un juego de niños.

7.6

No tenía ninguna lógica. Esas cosas no sucedían. Sin embargo, lo había visto con sus propios ojos y Naia Underwood respetaba demasiado a sus sentidos para desconfiar de las pruebas que le presentaban. Incluso en el instituto se estaba dando a conocer por su imaginación y su mente curiosa. «Una física en ciernes», había dicho la señora Petrie, su profesora de ciencias, en la última reunión de padres.

Como tenía muy pocas cosas que hacer, pudo reflexionar a fondo sobre el encuentro de la mañana y pasar a preguntarse quién sería ese chico, de dónde había salido y adónde había regresado. Recordó con qué horror él se dio cuenta de que no estaba donde creía estar, el modo en que había corrido hacia el Capricho como si se tratara de algún poderoso talismán o un instrumento de salvación. Naia había visto atónita cómo el chico se había desvanecido en la nada, tiritando con el repentino descenso de la temperatura. Después, todo había vuelto a ser como tenía que ser, incluso el Capricho. Por la forma en que el chico lo había agarrado, se habría dicho que el Capricho habría tenido que desaparecer con él, pero al esfumarse él el Capricho había seguido en su lugar del aparador.

Durante las horas siguientes, Naia elaboró diversas teorías sobre lo que había sucedido y quién era aquel chico, pero las fue descartando una a una por ser inverosímiles o por pasarse de descabelladas, hasta que sólo quedaron un par de ellas que parecían dignas de consideración. Las consideró.

7.7

Cuando Alaric era pequeño y la tía Liney iba a visitarlos, solía cogerlo en brazos, estrecharlo contra sí y cubrirle el rostro de enormes besos sensibleros. Él se debatía aterrorizado para librarse de su abrazo y ella soltaba grandes carcajadas. Ya hacía por lo menos tres años que no lo cubría de besos. Alaric decidió que ésa era una de las pocas ventajas de ser un adolescente.

Liney había hecho la cena y había fregado después. La comida había sido horrible; el fregado, torpe. Él podría haber hecho mejor ambas cosas, pero se lo guardó para sí. No le apetecía tenerla allí, de manera que ése era el precio que ella tenía que pagar por causarle tantas molestias. No resultaba fácil relajarse con Liney, que siempre andaba dando saltos e intentando arreglar cosas que ya estaban perfectas tal como estaban. Esa incapacidad de quedarse sentada mucho rato era una de las pocas cosas que compartía con la madre de Alaric, pero eso no hacía que el chico le tuviese más cariño. Sin embargo, su tía había pasado desacostumbradamente quieta casi toda una hora, sentada en el sofá, con los pies en alto. Con esos calcetines arrugados sus pies parecían enormes. Los calcetines no eran más que una muestra del extenso repertorio de prendas hechas por la propia Liney, casi todas demasiado grandes, demasiado chillonas e informes. Tenía un piso en Sheringham, en la costa norte de Norfolk, sobre su propia tienda de artesanía. En la tienda vendía las creaciones de otras personas, algunas muy bonitas, mientras que su piso estaba repleto de sus propias obras: lámparas torcidas, macetas toscamente vidriadas, acuarelas de colores estridentes y grandes joyas tintineantes.

Mientras Alaric inclinaba la cabeza sobre el puzle de Escher, Liney, en el sofá, hacía punto. Las agujas que utilizaba eran tan largas que tenía que sentarse con la cabeza echada hacia atrás para que no se le metieran en los ojos. Lo que estaba tejiendo —una pieza colorida de dimensiones y forma peculiares— era un misterio para él, y quizá también lo fuera para ella. Mientras trabajaba, Liney participaba en un concurso de la tele gritando cosas como: «¡La teoría general de la relatividad!», o: «¡Napoleón!», a preguntas cuyas respuestas resultaban ser los jardines colgantes de Babilonia y Freddie Mercury. La televisión era una novedad para Liney. Ella no tenía una y afirmaba no quererla, pero parecía disfrutar del concurso, a su manera. Sin embargo, no le costaba nada dejar de prestarle atención, como demostró cuando sonó el teléfono en el recibidor y lanzó al aire su labor mientras saltaba del sofá para salir escopeteada de la sala a agarrar el auricular antes de que hubiese sonado la mitad del tercer timbre.

—¿Diga? ¡Iván! Hola, ¿cómo lo llevas, chico?

Después de una pequeña charla llamó a Alaric para que se pusiera al teléfono.

—Diga.

—¡Al! ¡Llamo desde Newcastle! —Por su tono parecía que había llegado al polo Norte tras semanas de penurias, con la única compañía de huskis y del hielo, y los dedos de los pies gangrenados—. Liney me ha dicho que ahí está nevando bastante. Parece que me ha seguido la nevada. Aquí está cayendo como una mala cosa.

—Ah, sí.

La conversación continuó de esa manera forzada durante un par de minutos antes de apagarse por completo. Alaric pudo regresar con cierto alivio a la sala alargada, donde encontró a su tía pulsando con furia las teclas del televisor en un vano intento por evitar las noticias, que por lo visto aparecían en todos los canales. Según decía siempre, ya tenía bastantes malas noticias con el contenido de su propia cabeza, sin tener que enterarse de todos los problemas del mundo.

—¿Alguna novedad? —preguntó, mirando fijamente a la pantalla.

—¿Novedad?

—Desde Newcastle.

Alaric volvió a su puzle.

—Que está nevando.

—¿Nada más?

—Más o menos.

Liney apretó el botón de apagado. El silencio cayó como la cuchilla de una guillotina. Pasaron los minutos. Ya que el silencio se le daba casi tan bien como la mayoría de cosas, Liney, aferrándose a un lugar común con tal de conversar, le preguntó a Alaric cómo le iba en clase. Él le dijo que le iba bien, sobre todo porque decir la verdad le habría supuesto más preguntas. La cuchilla cayó de nuevo. Liney intentó silbar flojito, pero descubrió que no podía silbar mal y tejer mal a la vez, así que dejó los silbidos. Al final...

—Estaba pensando en hacer chocolate a la taza, ¿te apetece?

Desde que había llegado, era lo primero que decía que presentaba cierto interés para Alaric. El chocolate a la taza de Liney era un brebaje de su propia invención que, para asombro de todo el que la conocía y lo probaba, resultaba ser espectacular. Los ingredientes (que llevaba siempre consigo allá adonde fuese) eran: cacao belga, esencia de achicoria y café, azúcar de caña Dark Muscovado y brandy, todo batido a mano en leche descremada mientras se calentaba poco a poco en el fuego.

Tras el chocolate y una vez dadas las «buenas noches», Alaric se echó en la cama a escuchar cómo su tía lo revolvía todo en el piso de abajo. No tardó mucho en subir. Alaric conocía tan bien la casa que podía adivinar en qué peldaño estaba por su crujido distintivo. Cuando llegó arriba la oyó dirigirse al baño. Luego sonaron las tuberías como lo hacían cuando se abría demasiado el grifo del agua caliente.

Cinco minutos después su tía salió y, tras una pausa, cerró la puerta de la habitación de invitados con un clic tenue pero decisivo. Ruidos normales de cada día, todos ellos, pero qué diferente podía sonar incluso una puerta cuando la cierra alguien a quien no conoces bien. Alaric pensó que así sería cuando llegase Kate Faraday. Todo lo que hiciera ella no le resultaría familiar y, por consiguiente, lo fastidiaría. Kate los había visitado una semana el septiembre pasado, había dormido en la habitación que ahora ocupaba Liney. Entonces no le había importado. De hecho, le había caído bastante bien. Tenía un gran sentido del humor, era cálida y abierta. Sin embargo, eso era antes de que decidiese irse a vivir con ellos. Ahora a Alaric le importaba muchísimo.

Aunque estaban en pleno invierno, era tarde y tenía la luz apagada, la habitación de Alaric no estaba totalmente a oscuras. Había descorrido las cortinas para ver caer la nieve desde la cama. Por la mañana, el manto blanco lo cubriría todo al otro lado de la ventana.

Normalmente, habría estado ansioso por ver el nuevo mundo blanco que traería el día siguiente. Sin embargo, aunque habían pasado muchísimas horas ya, era incapaz de pensar en nada que no fuese esa chica que se parecía tanto a él y que afirmaba compartir su apellido. Incluso tenía una sala del río y un viejo fanal con un perfecto Withern Rise dentro.

Si había algo imposible, era eso. Su madre sólo había construido un único Capricho. No podía haber otro. Así que todo aquello era imposible.

¿Verdad?

7.8

Naia soñaba. En el sueño ella era una espectadora y observaba a un joven que trepaba al árbol Genealógico del jardín sur. El chico tenía algo que le recordaba al inesperado visitante de esa mañana, aunque el chico de su sueño era más joven; diez, once, doce años como mucho. Ya había trepado hasta más arriba de lo que era sensato subir y estaba avanzando por una rama. Era verano, el árbol estaba repleto de hojas y ella no podía verlo muy bien. De pronto se oyó un crujido. La rama se partió. El chico cayó. La altura era muy grande. Se dio un fuerte golpe contra el suelo y no se levantó. Naia supo que estaba muerto, pero entonces, como pasa en los sueños, sucedió algo extraño. El cuerpo del suelo se convirtió en dos, uno echado junto al otro, idénticos en todos los aspectos excepto en que el segundo chico se levantó de nuevo y volvió a trepar al árbol. Después, una lenta marea de agua cubrió el jardín y el cuerpo del suelo. Naia se despertó de golpe y encontró las sábanas empapadas. Estaba horrorizada. No recordaba la última vez que le había sucedido eso. Lo recogió todo sin hacer mucho ruido para no despertar a sus padres y volvió a meterse en la cama. Al cabo de un rato de dar vueltas y tirones se volvió a dormir y soñó de nuevo... el mismo sueño excepto por una pequeña diferencia. Era verano, igual que antes. El chico trepaba al árbol, como la otra vez, y antes de avanzar demasiado volvió a sufrir la caída mortal. De nuevo una pequeña pausa, luego el cuerpo se dividió y se convirtió en dos, y el primero se quedó inmóvil mientras que el segundo se puso en pie. Sin embargo, esta vez el cuerpo con vida no trepó al árbol. Se alejó caminando. Y el jardín no se inundó, su cama no se mojó.

DÍA SEIS

6.1

Cuando Alaric despertó hacía un frío de muerte. Al respirar exhalaba pequeñas vaharadas de hálito azul. El reloj que había en la mesilla de noche le dijo que eran más de las diez. Bueno, eran las vacaciones de mitad de curso, podía quedarse allí todo el día si quería. Pero no quería. Para empezar, hacía un frío que pelaba. Aunque fuera de la cama, sin calefacción y todo eso, no iba a hacer más calor. De todas formas se obligó a levantarse y ponerse la bata de invierno. Ya le iba demasiado pequeña; las muñecas le sobresalían de las mangas como si fuesen puños de camisa. Bajó al piso de abajo. Supo dónde estaba Liney mucho antes de llegar a la cocina gracias a su estruendoso dueto con Bryan Adams.

—Buenos días —cantó su tía al verlo entrar.

—Buenos días —contestó él, y bajó el tono de la radio.

—No te he hecho desayuno. No estaba segura de qué tomabas. —Alaric abrió la puerta de la alacena y le agitó un paquete de cereales—. He llamado para que vengan a mirar lo de la calefacción —dijo Liney.

—¿Sólo a mirarla?

—Y con suerte a arreglarla.

—¿Cuándo?

—Mañana por la mañana, temprano.

Alaric echó cereales en un cuenco.

—¿Lo sabe mi padre?

—No. Será una sorpresa.

—Igual que la factura, cuando llegue.

—Por entonces estará demasiado calentito para que le importe.

Alaric se zampó los cereales sin ceremonias y volvió arriba. Mientras se vestía, puso un CD. Lo dejó repitiéndose para dar la sensación de que seguía allí mientras bajaba. Liney seguía en la cocina, cantando *Better Be Good To Me* junto a Tina Turner con un micrófono imaginario. Desde el pie de la escalera, Alaric cruzó el recibidor, entró en la sala del río y cerró la puerta.

Allí dentro hacía mucho más frío que el día anterior. Remetió las manos bajo las axilas y se quedó de pie ante la cristalera. La nieve había caído sin pausa toda la noche, seguía cayendo. El jardín estaba blanco y perfecto, los árboles cargados de nieve del otro lado del río eran obras de arte. Sin embargo, no había entrado allí para mirar el paisaje. Se volvió hacia el fanal que adornaba el aparador. Por la noche se había convencido que el Capricho era la clave. El día anterior lo había estado tocando justo antes de abrir los ojos en el jardín. No lo había visto junto a él allí fuera, pero había encontrado una copia exacta en la otra sala del río, y lo había estado tocando segundos antes de su regreso.

Le limpió un poco el polvo con un pañuelo. La nieve que caía ante las ventanas de la sala enseguida encontró un reflejo nítido en el cristal curvo. Alaric contempló aquella casita y pensó en la mujer que la había tallado. El modelo era tan igual a la casa auténtica como podía serlo cualquier réplica, pero aquél era el Withern Rise que había conocido su madre, del que ella se había ocupado, el que había hecho suyo; no el que su padre y él habían descuidado.

Invadido de pronto por el anhelo de estar en la casa de aquellos días mejores, Alaric puso las manos sobre la cúpula. Lo había estado pensando desde que se despertara. Había planeado lo imposible: un milagro obrado por un objeto artesanal de madera bajo un cristal. No estaba enchufado a nada, nada le transmitía electricidad, pero el día anterior había sucedido algo y ese algo lo había provocado este adorno llamado el capricho de Lexie.

Al sentir el cosquilleo en las manos se le aceleró el corazón. El cosquilleo no era desagradable, pero lo que vino después sí. Lo único que pudo hacer fue no gritar cuando el dolor se deslizó como una horda de serpientes ansiosas por sus venas y sus arterias, por su pecho y por todas las partes de su cuerpo. Se tambaleó, viendo las estrellas, y consiguió mantener los ojos abiertos con muchísimo esfuerzo. Quería presenciar todos los pasos y las fases de aquello. Lo que vio a través del telón del dolor fue que la habitación temblaba como un decorado endeble y se hacía translúcida, luego el viejo árbol se alzaba, su gran tronco y sus innumerables ramas se desenrollaban como cables y cintas por encima de él. Entonces vio, allá abajo, más alejado, el jardín que encajaba en su lugar, pieza a pieza, como una versión automática del puzle de Liney. Cuando el jardín estuvo completo, lo que quedaba de la habitación se desvaneció llevándose consigo ese dolor que lo debilitaba y Alaric se encontró respirando con dificultad sobre la hierba blanca y fría.

La nieve, que cubría las raíces que sobresalían de la tierra y una rama desgajada que todavía tenían que llevarse de allí, caía como una cortina de cuentas blancas por el borde de la copa del árbol; pero no era impenetrable. Alaric se sentó y escudriñó con la mirada. Todo estaba justo como debía estar en esas condiciones: la casa, los árboles, los arbustos, el viejo muro del jardín, el garaje...

¡El garaje! ¿No tendrían que ser verdes las puertas? La última vez que las había visto lo eran. Sin embargo, las puertas que tenía delante eran de madera vista, les habían rascado la pintura, así como la puerta de la casa. El peldaño de la entrada no tenía todas esas cajas y bolsas de basura que su padre llevaba semanas apilando allí. Y además estaba la hiedra, que debería encaramarse en desorden por las paredes hasta llegar al tejado, tan densa en algunos lugares que su propio peso amenazaba con hacerla caer.

Pero esa hiedra estaba cuidada, controlada, bien podada.

Se puso en pie. Bueno. Aquélla no era su casa, ni su jardín. El árbol bajo el que se cobijaba no era su árbol Genealógico. Nada de eso era suyo ni de su familia. Nada de nada.

6.2

Naia había pasado casi toda la mañana en su habitación, en parte para evitar las tareas de limpieza que su madre le habría encomendado nada más verla y en parte porque esperaba el regreso del visitante del día anterior. ¿Cómo no iba a volver ahora que sabía de su existencia? Intentó cerrar los ojos mientras escuchaba una de las cintas «relajantes» de su madre, pero sólo consiguió que le entrase sueño. No quería estar medio dormida, quería estar alerta para cuando él llegara. Si es que llegaba.

Apagó la cinta y retomó *El guardián entre el centeno*.

6.3

Alaric maldijo su estupidez. Había tramado deliberadamente ese regreso y sabía que si lo lograba se encontraría primero fuera, pero no había tenido la agudeza de vestirse para la nieve. Otra vez llevaba puestas las zapatillas. ¡En la nieve y con zapatillas! No era de extrañar que le fuese fatal en el instituto. Miró hacia la casa. Puede que no fuera la suya, pero tenía que entrar si no quería morir congelado. El día anterior le había resultado fácil. Sin esfuerzos, sin intentarlo siquiera. ¿Cómo lo había hecho? Se quedó temblando, indefenso, pensando en la calidez que había allí dentro, sin saber qué hacer para llegar hasta ella, tanto que no sintió sorpresa, sino sólo alivio, cuando a su alrededor surgieron cuatro paredes, por encima se formó un techo, un suelo enmoquetado apareció bajo él. Y...

—Has tardado bastante. Ya empezaba a pensar que no vendrías. Pero ¿tenías que traer toda esa nieve contigo?

6.4

La chica estaba sentada en el suelo, apoyada contra la cama, y utilizaba las rodillas para sujetar el libro. Al verla tan relajada, tan informal, se habría dicho que él acababa de entrar por la puerta como si hubiesen quedado en ello, y no que había aparecido de la nada con un torbellino de copos de nieve. Alaric miró en derredor, la piel le ardía por la ráfaga de calor.

—¡Mi habitación!

—Mi habitación —corrigió Naia.

—¿Por qué estoy aquí arriba?

—Porque anoche subí el Capricho aquí. —Señaló hacia la estantería—. No estaba segura hasta ahora, pero justo antes de que aparecieras se ha puesto extraño, como si hubiera más de uno o como si yo viera doble. Supongo que se estaba preparando para recibirte o algo por el estilo. ¿Acierto al pensar que tú también tienes un Capricho?

—Sí...

—Pues ahí está. El tuyo te envía, el mío te recibe. Mira, me estás estropeando la moqueta. Quítate las zapatillas, ¿quieres? ¿Por qué llevas zapatillas si has estado fuera? Espera, voy a buscar un papel.

Apartó el libro de bolsillo y se sumergió bajo la cama como si fuese lo que hace todo el mundo después de saludar a alguien. Mientras estaba allí abajo, Alaric examinó el cuarto. Sí que era su habitación, y conocía muy bien una serie de cosas: la vieja butaca, la cómoda de cajones, la rinconera y el armario, la estantería (aunque en ésa había muchos más libros). Las cosas que no reconocía eran nuevas, femeninas o adornos que él no habría escogido.

—Ponlas aquí.

Se quitó las zapatillas y las dejó sobre el papel de regalo navideño que Naia había desenrollado. Alaric se sintió desconcertantemente vulnerable sin ningún tipo de calzado.

—No pasa nada —dijo Naia, al ver la mirada nerviosa que el chico lanzó a la puerta—. Sólo estamos mi madre y yo, y ella está abajo. Siempre la oigo subir si no tengo música.

—¿Y si viene?

Naia se sentó en la cama.

—Tendrás que largarte pitando.

—¿Qué sugieres, que salte por la ventana?

—Que utilices el Capricho.

—No es tan fácil. Hay que... prepararse.

—La última vez lo lograste sin mucha preparación.

Alaric se dejó caer en la butaca y se reclinó en ella, sintiendo su familiaridad. Era la suya, en todos los aspectos. El asiento tenía un muelle roto que se le clavaba en las posaderas. Sintió algo bajo la palma de la mano, donde la tenía posada, sobre uno de los brazos del sillón. La levantó un poco y encontró un roto en el tapizado exactamente igual al que había hecho él al dejar caer unas tijeras en ese mismo lugar cuando tenía diez u once años. Ese detalle lo sorprendió tanto como cualquier otra cosa de lo que había visto u oído hasta el momento. ¿Podía ser que también a esa chica se le hubiesen caído las tijeras cuando tenía diez u once años?

—¿Qué pasa?

Alaric cubrió el roto con la mano.

—Nada.

Hundido en la butaca, buscó más diferencias. La mayoría eran evidentes. Las paredes, por ejemplo, estaban empapeladas: unos delicados dibujos de color violeta y verde. Las paredes de la habitación de Alaric estaban pintadas: negro y rojo, sus colores preferidos de cuando tenía trece años. Sus cortinas eran de un azul pálido y necesitaban un lavado; las de ella hacían juego con el papel y parecían limpias. En la repisa de la ventana de ella había muñecas y peluches, adornos para los que ya era demasiado mayor pero de los que no quería separarse. En la repisa de él lo que había era porquería y polvo. Alaric ya había tirado casi todos sus juguetes hacía mucho, incluido sus Action Man, su colección de coches en miniatura y casi doscientas historietas de *Beano*. Su adorada colección de *Marvel* y *DC Comic* estaba guardada en el trastero.

Pero en esa habitación, miraras a donde miraras, el techo estaba lleno de carillones y móviles que se balanceaban lentamente —mariposas, estrellas, pequeñas sombrillas— y atrapasueños que se había hecho la propia Naia con lana, plumas y otros materiales. Mientras que del techo de Alaric no colgaba más que alguna araña perdida y varias telarañas.

Naia lo estaba mirando.

—¿Se parece mucho a la tuya —preguntó—, o sólo un poco?

—Voy un poco escaso de muñecas.

Alaric se levantó de pronto y se dirigió a la puerta.

—¿Adónde vas?

—Quiero ver qué más es igual.

—¡No! Te podría ver mi madre.

—Has dicho que estaba abajo.

—De momento, sí, pero...

—Y has dicho que la oirías.

Abrió la puerta un resquicio y examinó el familiar descansillo. Al otro extremo del descansillo, cerca del baño, una escalera empezaba su largo descenso. A medio camino, en una plataforma de un metro cuadrado, la escalera giraba en ángulo recto y continuaba hasta el recibidor de la planta baja. Sin contarlos, supo que había veintiséis escalones, trece en cada tramo.

La parte alta de las paredes, revestidas de madera hasta la mitad y en las que colgaban muchísimos cuadros de varias clases y tamaños, era de un amarillo nítido pero apagado. En casa de Alaric, por debajo del descansillo las paredes eran de un verde pálido, igual que lo habían sido durante años.

—¿Y bien? —dijo Naia cuando Alaric cerró la puerta.

—Igual.

—¿Quieres decir como en un espejo?

—No, no como en un espejo —dijo, irritado—. Las cosas no están del revés. ¿Qué te crees que es esto, la dichosa *Alicia a través del espejo*?

—Tampoco tienes por qué hablarme con enfado.

—Vale.

—Ayer fue la primera vez que viniste, ¿verdad?

—Sí. No sabía que existías hasta entonces. —Miró en derredor—. Ni tú ni todo esto.

—¿Qué tienes que hacer?

—¿Hacer?

—Para que funcione el Capricho.

Alaric se encogió de hombros.

—Es complicado.

—¿Es complicado o es sólo que no quieres dejarme probar?

—Elige tú.

—¿Sabes? Por como desapareciste ayer, podría haber pensado que eras un fantasma —dijo Naia—. Si creyera en los fantasmas. Que no creo.

—Dime qué viste.

—Te vi desaparecer.

Alaric arrugó la frente.

—Pero descríbelo.

—Bueno, la habitación se puso así como irreal, luego

tú también te hiciste irreal y luego fue como si te... disolvieras. La próxima vez tendría que grabarlo en vídeo, para que puedas verlo tú mismo.

—¿Cómo llamas a este sitio?

—Lo llamo mi habitación.

—A la casa —espetó él.

—Withern Rise. Withern, para abreviar.

—Adivina cómo se llama la mía.

A Naia no le hizo falta.

—¿Y el exterior? —preguntó.

—¿El exterior?

—¿También es igual? ¿El jardín y todo lo demás?

Alaric se inclinó sobre la cama y miró por la ventana al río.

—He visto este paisaje toda mi vida.

—Cuesta creerlo —repuso ella.

—No empieces otra vez con eso.

—Bueno, tienes que admitir que...

Alaric se enderezó.

—Sí.

—¿Cómo dijiste que te llamabas? ¿Alec? ¿Eric?

—Alaric.

Nunca le había importado llevar ese nombre. Cuántas veces lo habían llamado en voz alta por alguna razón y muchas cabezas se habían vuelto para descubrir quién tenía ese nombre tan raro... Por suerte, sus amigos solían abreviarlo. Y su padre también, la mayoría de las veces. Su madre casi nunca lo había hecho, pero a él no le importaba tanto que ella lo llamara así.

—Ya había oído ese nombre en algún otro sitio —dijo Naia.

—Mi bisabuelo se llamaba igual.

Alaric volvió a la butaca.

—¿Tú cómo te llamas?

—Naia. Por mi abuela, la abuelita Bell. Era su segundo nombre.

—Yo también tenía una abuelita Bell. Creo que nunca había oído su segundo nombre.

—Ya que estamos con los nombres —prosiguió Naia—, ¿cómo se llaman tus padres?

—Mi padre se llama Iván.

—¿Iván Underwood?

—Claro que Iván Underwood.

—Ídem. No podrían ser hermanos, ¿verdad? ¿Hermanos secretos, que no saben de su mutua existencia y que fueron separados al nacer?

Alaric puso cara de burla.

—¿Con el mismo nombre y el mismo apellido?

—¿Tienes una foto?

—¿De qué?

—De tu padre, tonto.

—Ah, claro, siempre llevo una foto de mi viejo encima.

—Pues dime cómo es.

—Es mi padre, no paso mucho tiempo contemplándolo.

—O sea que, si estuviera en una sala llena de desconocidos, o en una rueda de identificación de la policía, ¿no serías capaz de reconocerlo?

—Es más o menos así de alto —dijo Alaric—. No está gordo pero le está saliendo barriga... —Y no supo qué más decir.

—¿Los ojos? —preguntó Naia.

—Sí, tiene un par.

—¿De qué color?

—Así como verdes grisáceos, creo.

—¿El pelo le clarea un poco en la coronilla?

—Hmmm. No le gusta hablar de eso. Tiene algunas canas en las sienes, eso no le importa.

—Cree que le hacen parecer más distinguido —apuntó Naia.

—Eso es.

—¿Cómo se gana la vida?

—Tiene una tienda en Stone. ¿Y el tuyo?

—Una tienda en Stone. ¿Tiene nombre el establecimiento?

—Antigüedades Underwood —respondió Alaric.

—¿Antigüedades y Coleccionismo?

—Antigüedades y Coleccionismo.

—Mi padre se ha ido a la Feria de Coleccionistas de Bristol. Un acontecimiento anual. ¿El tuyo también está allí?

—No. Este año no ha querido ir a Bristol. Tiene algo mucho más interesante. En Newcastle.

—¿Qué hay en Newcastle que supere a la Feria de Coleccionistas de Bristol?

—Kate Faraday.

El rostro de Naia se iluminó.

—¿También tienes a una Kate Faraday?

—Oh, sí.

Ella captó el tono.

—¿No te cae bien? —le preguntó, y Alaric soltó un delator gruñido de desdén—. Pero si Kate es encantadora...

—Oh, sí, encantadora —repuso él.

—Espera un segundo. ¿Tu padre se ha ido a Newcastle a ver a Kate? ¿Sólo a verla a ella? El mío nunca ha hecho eso. A veces se encuentran en ferias de comerciantes porque los dos están en el mismo negocio, pero nada más. Mi madre solía tomarle el pelo muchísimo a mi padre con eso. «¿Conque vas a ver a tu novia, eh?», le decía. Al final él le dijo que, si creía que había algo entre ellos, dejaría de ir a todas las ferias.

—Muy decoroso por su parte.

—Mi madre le dijo que no fuese tan bobo y consiguió que la invitara a venir aquí después de una feria.

—¿Kate estuvo aquí?

—En septiembre. Un fin de semana. Y luego otra vez justo antes de Navidad. Mi madre y ella se llevan muy bien. Se escriben mucho. Bueno, ya hemos repasado padres y Kates. Ahora las madres. Aquí tengo una foto. —Se levantó deprisa de la cama y agarró una enorme bolsa azul y verde, por la que luego anduvo rebuscando en el suelo—. Así que tu padre se trae a Kate a vuestra casa, ¿no?

—Sí.

—Qué amable al ir tan lejos a buscarla.

—Seguramente Kate traerá un montón de cosas.

—¿Una maleta? ¿Un par de bolsas? Podría haber cogido un tren.

—No viene sólo de visita —dijo.

De un tirón, Naia consiguió sacar de la bolsa una pequeña cartera de plástico.

—¿Ah, no? ¿Entonces?

—Se viene a vivir.

Naia alzó la mirada.

—¿A vivir? ¿Qué, como inquilina? ¡Genial!

—Con mi padre. En su habitación.

—Conque se acuestan juntos, ¿eh? —Se rió de lo absurdo de todo aquello.

—Bueno, no creo que vaya a dormir en el suelo —repuso él con acritud.

Naia se balanceaba en cuclillas, todavía divertida.

—Seguro que tu madre tiene algo que decir al respecto.

Alaric estiró el brazo y le arrebató la cartera. La abrió de golpe. Contenía dos pequeños compartimientos transparentes. En uno de ellos había una fotografía en color del padre de Naia; en el otro, una de su madre.

—¿Tuvo tu madre...? —empezó a decir Alaric—. ¿Tuvo tu madre un accidente?

—¿Un accidente?

—Un accidente ferroviario. Un choque de trenes. Hace un par de años.

—Bueno, sí...

Naia ya no pensaba mucho en aquello. No quería. Aquella noche terrible. La llamada de su padre desde la estación mientras ella estaba viendo un vídeo que le había dejado Kirsty Rowan. Ella había insistido en que su padre fuera a buscarla a casa y luego se habían pasado horas junto a las vías viendo cómo liberaban y se llevaban a otras personas. Más tarde la carrera en ambulancia hasta el hospital, y su padre paseando de un lado a otro hasta que se fue a pedir noticias; había regresado muy serio y pálido.

—«No pinta nada bien, Nai. Van a operarla, pero... Tengo que decírtelo, no le dan más que un cincuenta por ciento de posibilidades.»

Cincuenta por ciento. Cincuenta por ciento. Esas palabras habían dado vueltas y más vueltas en su cabeza durante lo que le parecieron horas. ¿Saldría adelante? ¿Lo lograría? Cada vez que se acercaba un médico o una enfermera se le paraba el corazón. ¿Ya estaba? ¿Sería la noticia que tanto temía? Se estremecía al pensar en lo que podía haber sucedido.

—Tuvo suerte —dijo.

—¿Suerte?

—Podría haber muerto. Murieron seis personas. Tanto podía morir como vivir. Se salvó por los pelos.

Él volvió a mirar la fotografía de la cartera.

—En el accidente de mi madre murieron siete.

Naia se sobresaltó.

—¿Siete?

—¿De cuándo son estas fotos?

—Del verano pasado. En Cornualles. A mi madre le gusta Cornualles.

—¿Y tu madre se llama...?

—Alexandra. Alex. A veces se llama a sí misma Lexie.

Alaric sostuvo la cartera en alto, delante de Naia.

—Mis padres. —Señaló con el dedo una de las fotos—. Mi madre. Algo más de un año después de morir.

Le tiró la cartera a Naia. Ella fue demasiado lenta y no la atrapó. Cayó abierta en el espacio que había entre ellos. Alaric se levantó y se acercó a la ventana que daba al jardín sur. Naia aprovechó que estaba de espaldas y escondió enseguida la cartera, como si fuera la prueba de un crimen. A continuación, desesperada por borrar de su mente lo impensable, se puso a cotorrear sobre cómo les habían ido las cosas después del accidente, sobre las cefaleas de su madre y los dolores en el pecho, que habían tardado muchísimo en desaparecer, sobre cómo su padre había pasado todo el tiempo posible sin ir a la tienda, mimando a su esposa, haciéndolo todo por ella, como si se hubiera dado cuenta de lo que había estado a punto de perder.

—Pasó muchísimo tiempo sin ser ella misma —explicó Naia—. Estaba muy deprimida, muy negativa. Se le había agotado su vieja chispa. Mi padre la sacaba bastante por ahí, nos sacaba a las dos, para intentar animarla y darle nuevas cosas que contemplar y en qué pensar.

Tendrías que ver nuestro álbum de fotos, todos los sitios a los que fuimos...

En la mente de Alaric había caído un telón. Él tenía sus propios recuerdos de ese año. Y ninguna fotografía.

—Yo puedo enseñarte dónde está enterrada —repuso. Naia dejó de hablar—. En el cementerio del otro lado del muro. Hay una lápida con su nombre.

Lo único que pudo hacer la chica fue evitar taparse los oídos con las manos. Pero ya era demasiado tarde. Lo había oído. Estaba en su mente. Había dejado huella.

Alaric se volvió desde la ventana y de nuevo examinó esa habitación que era la suya pero que no lo era. El día que había fallecido su madre, el hogar que ella había construido para los tres había empezado a morir también. Los colores pronto habían empezado a perder luminosidad, como si los apagaran; limpiar y abrillantar se había convertido en algo del pasado; nunca se pintaba, se reparaba ni se ordenaba nada; las flores habían dejado de entrar por la puerta. Al cabo de poco, su padre había guardado casi todos los adornos y las baratijas que ella había coleccionado a lo largo de los años, para reducir la cantidad de cosas que les recordaban a ella. La casa de Naia todavía contenía todas esas cosas que la casa de él había perdido, y muchas más.

—¡Naia!

Los dos se pusieron tensos al oír esa voz, aunque por motivos diferentes. Naia saltó hacia la puerta, salió corriendo y se asomó por la barandilla.

—¿Dónde está el pan? —preguntó su madre desde el pie de la escalera.

—Lo he sacado fuera para los pájaros, como me has dicho.

—No quería decir todo el pan. Había casi una barra entera.

—Bueno, has dicho que ibas a hornear más.

—¡Sí, pero no para que sirva de alpiste, hija mía!

Una contrariada Alex Underwood regresó a su cocina y Naia volvió a su habitación. Cerró la puerta. Alaric se había marchado. Sus zapatillas seguían sobre el papel de regalo navideño.

6.5

Durante todo el trayecto de regreso —de la habitación al jardín, y de allí a la sala del río—, esa voz resonó en la cabeza de Alaric. La voz de su madre. Aún la oía cuando se sentó en el viejo diván y miró abatido a su alrededor. Si su madre hubiese vivido, esa sala, las demás habitaciones y todos los rincones de la casa habrían sido redecorados recientemente. Un nuevo juego de comedor estaría en camino. Habría nuevas fotografías en las paredes, nueva moqueta y cortinas nuevas. Todo lo que se pudiera pulir se habría pulido, las ventanas estarían limpias, los suelos barridos, a la moqueta le habrían pasado la aspiradora. La calefacción también estaría arreglada. Ella no habría tolerado ese frío ni un solo minuto.

Sin embargo, las cosas no eran así. Allí no. Para él no. La injusticia de todo aquello no se le iba de la cabeza. Se le hizo un nudo en la garganta y se le escapó un sollozo que no podría haber emitido en peor momento.

—Ah, aquí estás —dijo Liney, asomando por la puerta—. Pensaba que estabas arriba... ¿Alaric? ¿Qué pasa? ¿Qué te ocurre?

Él se frotó con furia las mejillas, pero su tía ya avanzaba hacia él con los brazos extendidos y luego le aplastó la cabeza contra su pecho huesudo como si fuera el montón de la ropa sucia. Él no se echó hacia atrás, no se resistió, no hizo nada de nada. Dejó los brazos colgando a los costados mientras se tragaba más sollozos, como un niño grande, uno tras otro sin poder parar.

—¿Qué te pasa, cielo? —Nunca lo había llamado «cielo» antes. No sonaba bien viniendo de ella—. ¿Qué te pasa, qué te pasa? —Lo tranquilizaba con energía, pero de repente se detuvo—: Alaric. Hay nieve en la moqueta.

Incapaz de mirar al suelo y abrazarlo al mismo tiempo, su tía lo soltó. Había más nieve en sus calcetines que en el suelo, pero ella todavía no se había fijado en eso. Alaric olvidó de momento su pesar para enfrentarse a la tarea de tratar de justificarlo. ¿Qué razón podía darle para explicar la nieve de sus calcetines? Cuando Liney la vio, dejó caer la mandíbula. «Ya estamos», pensó Alaric. Pero no. Se salvó del interrogatorio por una peculiaridad insólita de la inteligencia de su tía. Si algo desconcertaba a Liney y no se presentaba enseguida una solución, en lugar de preocuparse o darle vueltas al tema, le volvía la espalda y seguía adelante como si no existiese o como si fuese de lo más normal. Una filosofía sencilla que le había ido muy bien a lo largo de los años.

—Yo en tu lugar me los quitaría —dijo—. No querrás que te salgan sabañones. Lo sé todo sobre sabañones. Soy una mártir de los sabañones.

Mientras él se quitaba los calcetines, Liney hizo un raudo repaso de la sala para intentar descubrir qué podía haber causado la aflicción de su sobrino (ya había apartado de su mente el acertijo de la nieve en los calcetines), y vio una fotografía en el aparador, una foto de su hermana que parecía haber sido movida hacía poco. De pronto lo comprendió.

—¿Qué hago con ellos? —preguntó Alaric mostrándole los calcetines.

—Dámelos, los pondré a lavar.

Liney cogió los calcetines húmedos y los dejó colgados de la manilla de la puerta para recogerlos al salir, cosa que Alaric sabía que no iba a suceder enseguida, puesto que su tía metió los pulgares en los bolsillos de atrás de los vaqueros y se volvió hacia la ventana.

—Me encanta la nieve, ¿y a ti? —dijo—. Siempre me ha gustado. A tu madre también le encantaba. Todo eso de andar de aquí para allá con grandes botas, bufandas y manoplas. Hacer rodar bolas de nieve por la calzada hasta que eran tan enormes que no podías empujarlas más. ¿Tú haces eso?

Hizo ademán de volverse, pero no del todo. Él tampoco contestó del todo. Nunca se le había ocurrido antes, pero esa tía chiflada de mediana edad debía de saber cosas de su madre que nadie más en el mundo conocía. Ella ya iba al colegio cuando nació su madre. Habían jugado juntas, habían compartido habitación, vacaciones, visitas familiares, enfados y enfermedades, toda clase de pequeñas molestias y placeres.

—No nevaba mucho en la playa donde crecimos —prosiguió Liney—. En Hastings Old Town, justo por encima de las casitas de los pescadores. Teníamos el mar a la puerta de casa. Nuestro padre poseía una pequeña barca con motor fuera borda y nos llevaba en ella muchas veces. Bueno, a mí a veces, a Lexie muchas. Ella fue la niña de sus ojos desde que nació. Yo a veces me sentía un poco apartada. Él nunca me quiso. —Lo dijo de una forma muy objetiva, mirándolo por encima del hombro—. Nací fuera del matrimonio.

—Como yo —dijo Alaric—. Mi madre y mi padre no se casaron hasta casi un año después de que naciera.

—Ah, pero las cosas eran muy diferentes a principios de los sesenta. Tres o cuatro años después ya no se consideraba el fin del mundo, y en los noventa llegó a ser casi obligatorio. Mi padre, de todas formas, estaba un poco chapado a la antigua. Cuidado, no tanto como para no aprovecharse de una joven de dieciocho años y después arreglarlo todo para deshacerse de las consecuencias cuando la dejó embarazada.

—¿Deshacerse de las consecuencias?

—A lo mejor no debería contarte estas cosas.

—No pasa nada. —Alaric consiguió no parecer interesado.

Liney se volvió otra vez hacia la ventana, acercándose tanto al cristal que su nariz casi descansaba contra él.

—Mi madre me lo contó mucho después. Quiero decir muchísimo después. Seguramente pensó que a los veintiocho podría soportarlo. Me sobrestimó. Enterarte de pronto de que tu padre quería eliminarte antes de que nacieras... es difícil de asumir a cualquier edad, supongo. Y además casi lo consiguió. Le pidió hora en una clínica de Brighton, ya estaba todo preparado, pero entonces, en el último minuto, por una de las pocas veces en su vida mi madre le plantó cara. Se negó a seguir adelante. Así de cerca estuve, ¡así de cerca!, de no estar aquí hoy, ni ayer, ni en estos últimos cuarenta y tantos emocionantes años.

Alaric la escuchaba sólo a medias. La cabeza le daba vueltas. Cuántas cosas sabía ella sobre su madre... Cosas de las que ella nunca había hablado. Cosas por las que nadie le había preguntado.

—¿Cómo era? —espetó.

Liney despertó de su ensueño.

—¿Quién?

—Mi madre. Cuando era joven.

—¿Cómo de joven?

—De mi edad. O algo mayor.

—¿Quieres decir si era especial por algo? ¿Extraordinaria en algo?

—No... —Pero sí, quería decir eso.

Liney se volvió y se apoyó contra la mesa, de cara a él.

—Mi hermanita era más lista que el hambre. Siempre lo fue. Desde el principio. No en el sentido de un genio matemático, pero qué imaginación, qué aptitudes... Siempre estaba diseñando y confeccionando cosas, cosas asombrosas. «Genio» no es la palabra. Podría haber conseguido muchísimo, ¿sabes? Podría haber sido lo que hubiese querido. ¿Y sabes qué quería ser?

—No, ¿qué?

—Nada más que lo que era. Te juro que esa chica no tenía la menor ambición, lo cual era un tanto frustrante para una total inepta como yo, que deseaba ver su nombre en luces de neón. Y no sólo tenía más talento de lo que nadie tiene derecho a acaparar, además le iban detrás todos los chicos. Solían desfilar en manada por el camino de entrada esperando una sonrisa, un saludo o el roce de su mano. Tu abuelo tenía que echarlos con un palo de golf. E incluso los que conseguían llegar hasta el felpudo se alejaban rápidamente con el corazón roto.

—¿Por qué, qué pasaba?

—Que a Lexie no le interesaban los chicos. Ni los hombres, cuando fue mayor. Al menos no la mayoría. Era una joven muy selectiva. No tengo ni idea de qué vio en tu padre. Podría haber escogido entre todo lo que llevaba pantalones, mientras que yo, el desastre de hermana mayor sin talento, no habría conseguido ni una cita a ciegas con Jabba el Hutt. Habría dado lo que fuera por tener los encantos de tu madre. —Se alejó de la mesa—. Aunque te voy a decir una cosa. —De pronto le brillaban mucho los ojos—. No he dejado de echarla de menos ni un momento.

—¿Ah, no?

—Claro que no. La echo de menos todos los días, todas las horas, todos los minutos de mi triste vida insignificante. —Se fue hacia la puerta, desde donde le ofreció una sonrisita forzada—. Casi se me olvidaba: te estaba buscando para preguntarte si hay algo que no te guste para comer. Visto que soy la chef residente por un par de días, ¡que los dioses te protejan!, estaría bien saber si hay algo que no comerías ni que te pagaran por hacerlo.

Alaric se quedó con la mente en blanco. No lograba recordar ni una sola cosa que le gustase o que no le gustase.

—No se me ocurre nada —dijo, en honor a la verdad.

—Bien, así podré preparar todo lo que quiera. ¿Qué me dices de unos riñones de gato con puré de boñiga?

—Ñam.

Liney cogió los calcetines llenos de nieve de la manecilla de la puerta y se los colgó al hombro.

—El pobrecillo cree que lo digo en broma —soltó, y lo dejó a solas.

6.6

Cuando se construyó Withern Rise, entre 1880 y 1885, la cocina se destinó al uso exclusivo de la cocinera, el ama de llaves y una sirvienta para todo que se llamaba Rosie. Todas ellas entraban por una puerta que daba directamente al jardín. Esa puerta también la utilizaba Bernard, jardinero y factótum, a quien le encantaba intercambiar cosquillas y cachetitos con la cocinera. Pero hacía más de setenta años que en Withern no había criados, la puerta del jardín a la cocina había sido tapiada en los años cuarenta y, en la actualidad, al menos en la casa de Naia, la cocinera, el ama de llaves, la sirvienta y el jardinero (y con más frecuencia el factótum) estaban encarnados en la sola persona de Alex Underwood. La cocina de Alex había sido amueblada hacía poco con nuevos armarios construidos por un ebanista de la localidad, y la vieja cocina económica había sido substituida por una mucho mayor y de gas.

Alex cocinaba porque casi siempre disfrutaba con ello, y esa mañana estaba disfrutando bastante mientras se preguntaba por qué Naia no hacía más que entrar y salir, y mirarla fijamente. ¿Cómo podía imaginar siquiera que su hija había tenido la oportunidad de conocer una vida familiar alternativa que no la incluía a ella?

—¿Me ha salido una segunda cabeza esta noche? —preguntó—. Parece que hoy no me puedes quitar los ojos de encima.

—Tienes harina en la nariz —respondió Naia.

—Ay, Naia, ¿no hay nada que puedas hacer?

—Límpiatela tú misma.

Naia subió al primer piso. Cuando iba a entrar en su habitación, reparó en que la puerta del trastero estaba entreabierta. Cuando era pequeña, solía abrir esa puerta con el pulso acelerado. Para ella, entonces, ese cuartito era un lugar de sombras y misterio. Los misterios estaban contenidos en el amontonamiento de cajas, baúles, maletas y bolsas que casi lo llenaban. Alguna vez había abierto alguna caja o le había echado un vistazo y se había quedado fascinada por la cantidad de cosas que había dentro: ásperas mantas marrones, medallas de guerras de las que ella nada sabía, máscaras de gas que olían a viejo y a goma, equipamiento de cámping oxidado y un montón de antiquísimas reliquias familiares a las que sus padres no encontraban utilidad pero que no se decidían a tirar.

El desván contenía un batiburrillo parecido, pero el trastero era más accesible que el desván y estaba a sólo unos pasos de su habitación, lo cual, para una chica como Naia, nacida con una curiosidad infatigable, hacía que mereciera la pena asomarse por allí de vez en cuando a curiosear, a levantar una tapa, a investigar.

Ese día, al entrar en el trastero pensó que no había cambiado mucho desde la última vez que había mirado, seis meses atrás. Ya estaba a punto de cerrar la puerta cuando reparó en una maleta. La había visto antes: su madre la había bajado del desván hacía un tiempo y la había registrado en busca de documentos, cartas y cosas por el estilo con la esperanza de encontrar más nombres y fechas para el árbol genealógico que estaba confeccionando para las últimas páginas del álbum de fotos. Puesto que no tenía mucho que hacer, Naia bajó la vieja maleta marrón y abrió los cierres que tenía a cada lado del asa. Levantó la tapa. Una mezcolanza añeja de alcanfor, sándalo y lavanda salió flotando, y el ligerísimo olorcillo de esos pequeños caramelos de muchos colores que su bisabuela llamaba «cachous» y que siempre llevaba en el bolso.

El contenido de la maleta era lo que había esperado: pequeñas fotos en blanco y negro o sepia, un álbum de sellos, un silbato de madera con un guisante dentro (lo probó, aún funcionaba) y documentos de varias clases. También había una revista muy vieja, *El Diario del Condado*, de donde, al abrirla de golpe, salió revoloteando un delgado recorte de periódico descolorido: una necrológica. Abrió la revista por el artículo que marcaba la necrológica y allí encontró un dibujo doblado. Estudió la necrológica, el artículo y el dibujo.

LA GACETA DE STONE
27 de junio de 1905

NECROLÓGICAS

Se comunica el fallecimiento de Aldous Lyman Underwood, antiguo obispo de Eynesford y Stone. El señor Underwood seguía siendo conocido con respeto como «el Obispo» por sus antiguos feligreses en el momento de su muerte, aunque ya llevaba nueve años retirado. Lo sobreviven su mujer, Elvira, y el hijo de ambos, Eldon. El Obispo será enterrado en el jardín de su hogar, Withern Rise, junto al río Ouse. La señora Underwood ha anunciado su intención de plantar un joven roble sobre el cuerpo de su marido en conmemoración de su vida y sus buenas obras.

El artículo de *El Diario del Condado* iba acompañado de dos fotografías, una de Aldous Underwood, altivo y serio para la cámara pero con la insinuación de un centelleo en la mirada, y la otra de Withern Rise, cubierto de hiedra y con un aspecto magnífico, seguramente del año en que se escribió el artículo.

EL DIARIO DEL CONDADO
Agosto de 1922

OBISPO MUJERIEGO ENTERRADO EN SUS TIERRAS
Personajes del pasado de nuestro condado, núm. 14

Aldous Lyman Underwood, obispo de Stone y Eynesford, tenía una reputación de «donjuán», una fama bien merecida si hemos de dar crédito a lo que se cuenta. Se dice del obispo Underwood que se benefició a toda mujer medio bonita de su diócesis, soltera o casada, y que engendró a muchos niños que en el bautismo recibieron apellidos diferentes al de él.

Según los informes de la prensa de la época, el Obispo (como lo llamaron hasta su muerte, en 1905) orquestó su propia pérdida de la gracia divina al tirarle los tejos a una tal Joan Longridge mientras su marido, un adinerado comerciante de grano, estaba fuera por negocios. Cuando el señor Frank Longridge descubrió que le habían puesto los cuernos en su ausencia, y además con un eclesiástico al que tenía en muy poca estima (por decirlo con buenas palabras), se dirigió a la residencia del Obispo con la intención de hacerlo correr a latigazos por toda la propiedad. Por fortuna, los criados del Obispo acudieron al rescate, pero el señor Longridge no era hombre que se dejara disuadir fácilmente. Denunció al transgresor a su arzobispo, quien, al no tener tampoco mucho aprecio por el ampuloso Underwood, se alegró de suspenderlo y dejarlo pendiente de investigación. No obstante, la investigación resultó innecesaria, puesto que por entonces otros miembros de la comunidad se habían puesto en contra del Obispo y él mismo dimitió de su cargo en lugar de dejar que su catálogo de fechorías fuese entregado al escrutinio público.

Algunos años antes, a principios de la década de 1880, el Obispo había adquirido un considerable terreno de sauces en la tranquila ribera del Ouse, junto al pueblo de Eynesford. Limpió la mayor parte del terreno y construyó una hermosa casa para él, su esposa y su único hijo legítimo. Llamó a la casa Withern, supuesta palabra del inglés antiguo que significa «casa en un bosque de sauces». Sin embargo, dos años después de que acabara la construcción del edificio, el río creció de forma drástica e inundó el jardín y la planta baja de la casa, momento en el que la propiedad fue rebautizada como Withern Rise, «la crecida de Withern». Parece ser que el Obispo le tenía demasiado apego a la casa para abandonarla y fue allí donde pasó sus últimos años. No pudo ser un retiro del todo tranquilo, puesto que su antiguo rebaño, liberado de la obligación de mostrarle un mínimo respeto, se refería en burla a su reducidísima diócesis —sus propios terrenos— como «la sede Underwood».

A su muerte, a la edad de 69 años, la esposa de Underwood, Elvira (quien sorprendentemente había hecho la vista gorda a sus adulterios), hizo que lo enterrasen en el jardín de su amada casa. Plantó un joven roble sobre él, al que dio el nombre de «El roble de Aldous». El hijo del Obispo, Eldon, ahora viudo, sigue viviendo en Withern Rise con su único hijo varón (otro murió en la Gran Guerra) y dos hijas. Al preguntarle por la reputación de su padre, el señor

Underwood declaró: «Preferiría no sacar a relucir todo eso de nuevo, si no le importa.»
Sin embargo, sonrió con cariño al decirlo.

El dibujo a tinta que estaba junto a la necrológica y al artículo tenía la firma de «Elvira». Era una especie de mapa, sombreado y embellecido por alguien con pretensiones artísticas pero poca habilidad, en el que se veía el lugar del jardín sur en el que la mujer había hecho inhumar a su marido y había plantado el joven roble.

6.7

Fue idea de Liney.

—Vamos a dar un paseo por el río. Nunca he estado allí cuando todo está cubierto de nieve.

A él se le ocurrieron al instante una docena de cosas que preferiría hacer, y personas con las que preferiría hacerlas, pero le costó encontrar excusas y, antes de que se diera cuenta, ya se estaba poniendo el abrigo y las botas junto al perchero. Sólo esperaba que no lo viera ninguno de sus colegas paseando con su tía: le tomarían el pelo toda la vida. Con la esperanza de evitar ese horror de horrores, sugirió que fuesen por Withy Meadows. Aquellos terrenos eran tan rasos que, si alguien conocido pasaba por allí, él lo vería antes de estar demasiado cerca y tendría ocasión de escapar.

Cuando se dispusieron a salir estaba nevando más que nunca. Alaric escondió la cabeza en la capucha de su parka, pero Liney, aunque llevaba bufanda, se deleitaba con la nieve que le empolvaba la nariz y las mejillas. Salieron de Withern por la puerta principal de la verja que había al final del camino de entrada y siguieron hacia el largo arco del puente para peatones que cruzaba los quinientos o seiscientos metros del río. Cuando llegaron al puente, Liney saltó sobre él y empezó a subir la larga y suave pendiente como un niño torpe de tres años probando unas botas de agua nuevas. Cuando llegó a la mitad se detuvo y plantó los codos en la barandilla cargada de nieve para mirar atrás, hacia la casa, la única vivienda que se veía antes de que el río desapareciera entre los árboles y los arbustos de la orilla occidental.

—¿No es hermoso? —comentó Liney sobre el paisaje cuando Alaric la alcanzó—. ¿No es maravilloso?

Poco preparado para comentar la hermosura ni la maravilla del paisaje, el chico se limitó a gruñir mientras pasaba de largo y seguía cuesta abajo por la pendiente del puente.

La amplia zona ajardinada del otro lado, conocida como Withy Meadows desde su creación en los años sesenta, estaba dividida por numerosos canales llenos de juncos y estanques salpicados de pequeñas islas repletas de maleza y de vida salvaje. También había toda una serie de paseos, tan separados entre sí que no existía casi riesgo de encontrarse con alguien si eso era lo que se quería. Alaric había sido un visitante habitual de Withy Meadows esos últimos dos años. En ocasiones, durante sus paseos solitarios su imaginación emprendía el vuelo y a él se le olvidaba estar de mal humor, ir encorvado y sentir lástima por sí mismo; pero después volvía de repente a esa realidad que conocía demasiado bien, y entonces se torturaba por haber olvidado que la vida era una mierda. Ese día quería estar solo por un motivo diferente. Tenía mucho en que pensar y no podía ponerse a...

Un golpetazo entre los omoplatos.

—¡Te he dado!

Alaric giró en redondo. Liney estaba en cuclillas al pie del puente, recogiendo nieve con sus manoplas enormes. ¡La muy boba le estaba lanzando bolas de nieve! Ella levantó el brazo. Él retrocedió con las manos alzadas hacia delante.

—¡Eh! No. No.

Pero Liney ya había apuntado y le lanzó un segundo misil. Alaric consiguió agacharse justo a tiempo, protestando que no quería luchar.

—Mala pata —repuso su tía, juntando más nieve.

A la tercera bola le faltó la precisión de las dos primeras, pero también le dio. Alaric se retorció. La bola había impactado en sus partes.

—¡Ups! —exclamó Liney—. No ha sido adrede. ¿Estás bien?

—Oh, de miedo.

—¡Peor para ti!

—Oye... —empezó a decir el chico con poca convicción mientras se enderezaba.

—¡No es momento para cháchara! —gritó ella mientras le daba forma a la nieve entre las manoplas.

Alaric miró en derredor. Estaban solos en esa infinita inmensidad ártica. La cuarta bola de nieve le pasó rozando la oreja.

—Muy bien —dijo—. Tú te lo has buscado.

Se agachó, formó una bola de nieve compacta y se fue dando zancadas hacia ella mientras perfeccionaba el proyectil. Liney alzó la mirada.

—Espera, no estoy lista.

—Tampoco yo lo estaba —repuso él, lanzando la bola por lo alto.

Rebotó en el brazo de Liney, pero ésta, una exagerada empedernida, chilló como si le hubiesen tirado un cubo de agua helada por encima. Luego dijo:

—¡Conque ésas tenemos, ¿eh?!

Y entonces se armó la gorda.

6.8

Naia se había decidido. Iría a ver a Alaric. Tenía mucho que hablar con él. Cosas de las que no podía hablar con nadie más. Sin embargo, también quería hacerle saber lo mucho que lo compadecía, que comprendía lo que debía de sentir él sin tener a su madre. Aun así, no podía llamarlo por teléfono para decirle que iba a verlo, ni llamar al timbre. No, sólo había una forma de llegar hasta él... si funcionaba en ambos sentidos. Se puso en pie frente al Capricho de su madre, preguntándose qué hacer. ¿Qué había hecho él, la única vez que Naia había sido testigo de su partida? Había colocado las manos sobre la cúpula, pero tenía que haber algo más, seguro. Para descubrirlo, puso las manos sobre el cristal, cerró los ojos y esperó. Se dio un minuto, después echó una miradita alrededor. La habitación no había cambiado. Cerró el ojo que había entreabierto otra vez y dijo: «Llévame allí, llévame allí, llévame allí», una y otra vez.

Seguía sin pasar nada.

Tras unos cuantos intentos fracasados más, empezó a mosquearse. ¿Por qué no funcionaba? Él lo había hecho funcionar, ¿por qué ella no podía? A fin de cuentas, no lo hacía sólo por sí misma. Parte de su misión consistía en mostrar su compasión por él. Eso era algo bueno, ¿no? Una acción considerada y desinteresada. Sus manos seguían extendidas sobre el fanal cuando dijo, con cierta pasión:

—¡Tengo que verlo!

El cosquilleo de las manos la asombró, pero no las movió de donde estaban, imaginando que Alaric experimentaba esa misma sensación cuando iba a verla y cuando se marchaba. Estaba a punto de sentirse bastante satisfecha porque las cosas estaban saliendo según el plan cuando un dolor como ningún otro que hubiese sentido jamás le fue subiendo por los brazos y le estalló en el pecho. Cayó hacia atrás y se dio contra el suelo, donde, con los ojos cerrados por el tormento, no vio los cambios que tuvieron lugar, ni siquiera sintió los primeros copos de nieve sobre su piel. Cuando el dolor remitió un poco, se dio cuenta de que la temperatura había bajado mucho y abrió los ojos.

Estaba sentada sobre la hierba cubierta de nieve, en el jardín.

Se levantó, respirando entrecortadamente, mirando boquiabierta a todas partes. Alaric la había visitado dos veces y nunca le había dicho nada de una parada en el jardín. Ella podría haber supuesto algo por la nieve de sus zapatillas, pero no lo había hecho. Sorprendentemente, no lo había hecho. Tuvo una idea: si esa casa era idéntica a la suya, el jardín también debía de serlo. ¿No le había dicho él que había visto el paisaje desde la ventana de su habitación toda la vida? Pues eso. Aquél parecía su jardín, pero ¿y si no lo fuera? ¿Y si fuera el jardín de él, la casa de él? Pero, si todo aquello era de la familia de Alaric y no de la suya, también habría unas cuantas diferencias más. Tal vez fueran pequeñas, pero ella, con el ojo de su madre para los detalles, debería poder descubrirlas. Estaba en lo cierto. Con la sospecha, las diferencias saltaban a la vista: las puertas todavía pintadas, la basura de la entrada (que su madre jamás habría permitido), el jardín mismo. Su madre había contratado hacía poco a un jardinero por horas, un tal señor Knight, que había llamado a la puerta para ofrecer sus servicios a principios de enero. Entre los dos, el señor Knight y su madre, habían cuidado y preparado el jardín para el invierno. Ninguna zona del jardín en el que se encontraba Naia había sido cuidada. La capa de nieve cada vez más gruesa que lo cubría casi todo no podía ocultar el hecho de que el jardín llevaba varias estaciones sin que nadie lo atendiera.

No obstante, aun suponiendo que no hubiese logrado detectar ninguna de esas diferencias, había una que no podría haberle pasado por alto. La hiedra que se encaramaba por las paredes de su casa se mantenía en unas condiciones razonables durante todo el año. Su madre solía dejarle cierta libertad en otoño —«un pequeño regalo para la planta», solía decir—, pero siempre la podaba a finales de noviembre. En cambio, la hiedra de la casa que tenía delante sobresalía por entre los caños de desagüe, se amontonaba en los alféizares de las ventanas, colgaba de los canalones formando unos telones verdes y blancos. También vio, al alzar la vista, que una de las chimeneas estaba ligeramente inclinada. Ellos habían tenido una chimenea así hasta el verano anterior, cuando sus padres habían llamado a un albañil para que le echara un vistazo. El albañil había dictaminado que no era segura y que había que reconstruirla sin demora. También les había aconsejado que revisaran las tejas porque había algunas sueltas, y ellos le habían encargado que se ocupara de eso también. Naia dudaba que ningún albañil hubiese ido a esa casa a examinar la chimenea ni el tejado.

Todo eso lo vio cobijada por el árbol Genealógico. El árbol Genealógico de Alaric, aunque era exactamente igual al de ella. La enorme extensión y amplitud de sus ramas le ofrecían poco refugio contra el frío, que ya empezaba a atravesar sus finas prendas. Se rodeó con sus propios brazos y se preguntó cómo entrar en la casa. ¿Cómo había entrado Alaric en la suya? Lo había hecho dos veces, así que no podía ser tan complicado. Enfadada consigo misma por no lograr adivinar qué hacer a continuación, decidió que no se quedaría allí de pie esperando a que sucediera algo mientras moría por congelación. Si el Capricho de Alaric no iba a llevarla hasta dentro de la casa, pues seguiría una ruta más tradicional. Él le había dicho que su padre se había ido a Newcastle, lo cual quería decir que estaría solo en la casa. Otra diferencia. Sus padres jamás la dejarían sola en casa más que unas pocas horas, aunque ya tenía dieciséis años. A veces eso había llegado a molestarla. Ese día no.

Echó a correr por el césped en dirección a la puerta. En el peldaño de la entrada, junto a la desordenada torre de cajas y bolsas de plástico llenas de papeles, se inclinó para empujar la tapa de latón del buzón y espiar el recibidor. Qué poco acogedor parecía, qué gris y qué lóbrego.

—¿Hay alguien? —gritó por la rendija—. ¿Alaric? —Era la primera vez que pronunciaba su nombre y le sonó extraño, casi impertinente. Sin embargo, al no recibir respuesta, volvió a intentarlo—. Alaric, soy yo, Naia. ¡Déjame pasar, aquí fuera hace un frío que pela!

Aguzó el oído. Nada. No había señales de vida. Ningún movimiento, ningún sonido. Se enderezó, puso el pulgar en el timbre. Las frenéticas notas resonaron en vano por toda la casa.

Desistió. No había nada que hacer. Se apoyó de espaldas contra la pared y se dejó resbalar para acuclillarse sobre los talones. Desde esa posición vio tres pares de huellas que se alejaban de la puerta, y uno que se acercaba. El par que se acercaba y uno de los que se alejaban seguramente serían del lechero o del cartero. Sólo podía explicar uno de los otros dos que se alejaban, que supuso que sería de Alaric. No había forma de saber cuándo volvería, así que ¿no debería buscar algún sitio donde refugiarse hasta entonces?

¿Dónde?

El lugar más abrigado que se le ocurrió fue el porche que había en la parte de la casa que daba al río, pero si se cobijaba allí no lo vería ni lo oiría regresar. Tenía que haber algún sitio en ese lado. ¿El garaje? En su casa, cuando el coche no estaba, las puertas del garaje a menudo se dejaban sin cerrar. Tal vez allí también. Se inclinó para mirar más allá de la tambaleante pila de cajas y le dio un golpe sin querer. La torre se balanceó. La caja de encima perdió el equilibrio. No tenía muchas cosas dentro, pero Naia dio un salto cuando le cayó encima. Al apartarla con un manotazo, golpeó el resto de la pila, que se desmoronó a su alrededor. Ahora el peldaño estaba hecho un desastre, mucho más que antes, pero no le importó. No era la entrada de su casa. Lo único que sintió fue que entre todas esas cajas no hubiese ninguna lo bastante grande para poder meterse dentro.

Temblando muchísimo y demasiado desanimada para ir a ver si el garaje estaba abierto, se sentó en el peldaño de cemento junto a la puerta, apretando las rodillas contra el pecho y rodeándolas con los brazos. La nieve caía sobre las cajas, sobre las repletas bolsas de plástico, sobre ella, y empezó a pasar el tiempo. Naia previó lo que iba a ocurrir. Cuando Alaric regresara al fin, se encontraría un enorme bulto blanco rodeado de cajas nevadas a la puerta de casa. Al apartar la nieve, la descubriría a ella, congelada, con la piel azul, los ojos mirando fijamente sin ver nada. Tendría que informar de su muerte, pero no podría decir quién era ni de qué la conocía. De todas formas, nadie creería la verdad y ella sería un objeto tan patético y con la cara tan chupada que cualquier parecido con Alaric pasaría del todo desapercibido. Se desharían de ella como de una persona desconocida, una vagabunda en busca de cobijo o algo así, seguramente en una tumba sin marcar o en una urna de plástico. Sin embargo, ni siquiera eso era lo peor. En su casa, más o menos a la hora de la cena, su madre empezaría a preocuparse. Llamaría a la policía. Organizarían una búsqueda por todo el país, pero jamás la encontrarían y sus padres pasarían el resto de la vida arrastrándose por ahí con gran dolor, convencidos de que su querida hija había sido secuestrada, violada, estrangulada y arrojada a alguna presa, una cuneta o un pantano. Y para acabar de rematarlo..., para rematarlo le caían mocos de la nariz. Se limpió con la manga, se volvió hacia la ajada puerta de entrada y le suplicó con todo su ser que la dejara entrar, entrar, ¡entrar!

Si hubiese sabido antes que eso era todo cuanto tenía que hacer... El jardín empezó a temblar como si estuviera perdiendo contacto con la realidad. A su alrededor se elevaron unas paredes que reemplazaron la puerta de entrada, el peldaño y las cajas. Un techo oscureció el cielo gris y la nieve dejó de caer. Se encontró sentada en la moqueta de una sala del río que no era la suya y, delante de ella, en un aparador cubierto de polvo, vio un Capricho que ya iba necesitando que le quitaran el polvo. Se puso de pie. Muy, pero que muy despacio.

Enseguida se dio cuenta de que esa sala del río no sólo tenía una temperatura muy similar a la del jardín, sino que también era todo lo lúgubre que podía ser una habitación. Conocía todos los muebles y la moqueta, las cortinas, la pantalla de la lámpara, todos los adornos, las fotografías y los cuadros de las paredes. Su propia sala del río había sido así hasta hacía muy poco, aunque nunca tan anodina ni tan polvorienta, ni con ese mal olor. Se sentó en el borde del diván azul desvaído, sacó los pies de las zapatillas cubiertas de nieve y arrugó los dedos, que parecían a punto de caérsele. Respirando dentro del hueco formado por las manos, contempló la sala con tristeza en el corazón.

—Y él me dijo que era igual...

Casi le daba miedo salir de esa gélida habitación para ver qué más le ofrecía ese Withern Rise alternativo. Qué poco más.

6.9

Liney tenía una idea algo azarosa de las guerras de bolas de nieve, por decirlo con buenas palabras, pero sorprendentemente efectiva. El estilo de Alaric era más metódico y centrado. Cuando se recuperó del anterior asalto de su tía, la persiguió a toda la velocidad que le permitía su andar algo encogido. Cuando una bola la alcanzaba, Liney chillaba muchísimo y echaba a correr hacia él, arrojaba el proyectil de nieve y se alejaba galopando como una jirafa enloquecida, con las piernas volando en todas direcciones. Al cabo de poco, la intensidad de la batalla echó por tierra las inhibiciones de Alaric, que se puso a correr de aquí para allá intentando atajarla o rehuirla, agazapándose tras árboles y arbustos, igual que ella, chillando casi tan alto como ella. Hacía más de dos años que Alaric no se había alborotado de aquel modo.

6.10

Desde la deprimente sala del río de Alaric, Naia salió al recibidor que había entrevisto unos minutos antes desde el otro extremo, a través del buzón.

—¿Hay alguien?

Su voz, quebrada por el desánimo, llegó con timidez a rincones de la casa distantes y llenos de telarañas; no encontró nada más que un silencio espeluznante y fantasmagórico. Al cruzar tiritando el recibidor, el suelo le pareció arenoso bajo sus pies fríos. La escalera que subía hacia su izquierda pedía a gritos que la abrillantaran. Naia tampoco habría esperado volver a ver nunca esa moqueta sobre los escalones. La alta pared de la escalera era del mismo verde apagado que había lucido la suya antes de que contratasen a los decoradores. Conocía todos los cuadros que había en ella. Casi todos estaban algo torcidos, no como en su casa. Su madre tenía especial manía por la rectitud de los cuadros. Naia alargó un brazo para enderezar el que le quedaba más cerca. Del marcó cayó un montón de polvo que se le metió en los ojos.

Junto a la escalera y frente a la sala del río quedaba una de las dos puertas de la sala alargada. Entró en ella con la sensación de ser una intrusa. En su casa, ésa era una de sus habitaciones preferidas, la más luminosa en verano, la más acogedora en invierno, con la cristalera que se abría al jardín sur. La sala era merecedora de su nombre, ya que se extendía desde la parte de delante hasta la parte de atrás de la casa, o desde atrás hasta delante, dependiendo de la perspectiva con que se mirase. La habitación que Naia encontró ante sus ojos era un triste remedo de esa otra que conocía y amaba. Las alfombras estaban arrugadas; las cortinas colgaban de mala manera, porque habían perdido algunos enganches y otros estaban rotos; los muebles estaban descolocados, como si los hombres de la familia Underwood los hubieran empujado al estirar las piernas y no se hubieran molestado en colocarlos de nuevo. Al final del día, la madre de Naia hacía una ronda para arreglarlo todo, ahuecaba los cojines, alisaba las telas con la palma de la mano. Pero en esa sala, los cojines estaban aplastados y arrugadísimos, nada estaba en orden.

Su tristeza no disminuyó un ápice al recorrer la sala y quedarse de pie frente a la vieja chimenea de roble. En su casa, la repisa de la chimenea estaba llena de pequeños recuerdos de varias excursiones y viajes. En cambio, los recuerdos de esa repisa habían sido suplantados por un tubo de caramelos mentolados extrafuertes, una caja grande de cerillas Swan Vestas, un par de paquetes de fusibles y un destornillador. El reloj Westminster todavía estaba en el centro, pero las manecillas se habían congelado a las cinco y veinte. Justamente a esa hora. Había que darle cuerda cada siete días, así que se podía haber parado a las cinco y veinte de la tarde o de la madrugada de cualquier día desde hacía dos años. Puede que el carrillón que sonaba cada media hora hubiera guardado silencio desde aquel terrible acontecimiento que lo había cambiado todo.

El interior de la chimenea era aún más espantoso, estaba atestado de trozos de papel arrugados y cerillas gastadas. La rejilla era una masa de colillas. Naia había estado de pie ante esa misma chimenea hacía menos de una hora, disfrutando de su resplandor, sintiendo su calor. Durante las estaciones en que no se requería esa calidez, su madre ponía allí flores secas con un arreglo meticuloso. Pero en esa chimenea no había ni flores ni fuego, sólo una rejilla cubierta de hollín y llena de colillas de cigarrillo. Su padre solía fumar, pero lo había dejado poco después de que a su madre le dieran el alta del hospital. Había sido idea de él, de nadie más. Se había convencido de que en bien de su mujer no debía fumar junto a ella mientras se estaba recuperando, y jamás había vuelto a coger un cigarrillo. El padre de Alaric no había tenido ese incentivo.

Salió de la sala y se dirigió al piso de arriba. Ya no llamó para averiguar si había alguien. El silencio opresor le hacía sentir que la casa la observaba, que registraba todos sus movimientos en sus adustas paredes. Con cada paso que la llevaba arriba sentía cada vez más lástima por Alaric, y cada vez más rabia hacia su padre... que también era el de ella, en cierto modo. Estaba segura de que cualquier cosa que hiciera el padre de Alaric, también el suyo lo habría hecho, o lo habría dejado de hacer, en esas mismas circunstancias. Y no pudo evitar preguntarse cómo habría reaccionado ella si hubiese sido su madre la que hubiera muerto. ¿Habría dejado que todo se estropease así? ¿Se habría limitado a deprimirse y dejar que su mundo se desmoronara? Prefería pensar que no, pero ¿cómo podía estar segura? ¿Acaso podía alguien seguir siendo igual cuando su vida descarrilaba de una forma tan cruel? Descarrilar. La línea férrea. Así había empezado todo. Una fractura en la línea. Algo tan pequeño, ¡pero qué consecuencias tan devastadoras! Un tren salió disparado hacia el cielo, los vagones quedaron retorcidos y destrozados, hubo muchos heridos leves, algunas víctimas mortales, la madre de Alaric entre ellas. Una fractura en la línea genealógica. Una fractura que no había dejado de hacerse más y más ancha, y más profunda, un día tras otro, hasta... aquello.

Cuatro dormitorios daban al descansillo, más el trastero, el baño y, al final de un pequeño tramo de escalones, el espacio alargado bajo la pendiente de una de las alas del tejado que utilizaban como desván. Naia se dirigió hacia el dormitorio de la esquina, el que ocupaba ella en su casa. A pesar de que no tenía duda de que allí no había nadie, no pudo evitar llamar a la puerta. Cuando, tal como esperaba, no obtuvo ninguna respuesta, la abrió... y al instante deseó no haberlo hecho. En su propio cuarto, igual a éste, durante los últimos años le había costado encontrarles sitio a todas sus cosas. Podría haberse trasladado a una habitación más grande, pero la de siempre le parecía especial, con sus vistas al río desde una ventana y al jardín sur desde la otra. La tenía limpia y razonablemente ordenada, intentaba que resultase interesante. Le gustaba sentir que, cuando entraba, su habitación no sólo la acogía, sino que no podía ser el cuarto de nadie más. Estaba claro que Alaric no sentía nada parecido. Su habitación estaba muy desordenada, muy destartalada, transmitía un «no me importa nada». Había cajones abiertos, ropa colgada por todas partes, la cama estaba sin hacer. En el suelo había envoltorios de chocolatinas.

Volvió por el descansillo hasta el baño y se sintió mareada al mirar en su interior. Un olor apestoso, trocitos de jabón miserables, toallas sucias arrebujadas sobre el estante de madera, el espejo manchado, la cortina de plástico rota, pelillos pegados en la bañera, un enchufe colgando de un trozo de cable marrón. Salió enseguida.

En la habitación de invitados se encontró con un misterio. En su casa no tenían a nadie de visita en ese momento, pero allí estaba claro que había alguien instalado en ese cuarto. Se percibía un olor artificial más agradable que en las demás habitaciones y habían realizado un apresurado intento por ordenarlo, aunque el ocupante parecía no tener ningún sentido del orden, y menos aún del buen gusto. Las escasas prendas de vestir más bien estrafalarias que había allí colgadas parecían pertenecer a una mujer loca o a un travesti. Había una gran bolsa de *patchwork* apoyada en una maleta de color turquesa. La maleta estaba cubierta de calcomanías de mariposas, los retales que componían la bolsa flácida desentonaban, y la bolsa tenía un asa más larga que la otra.

Naia reservó el dormitorio principal para el final. Aquél debería haber sido el cuarto más elegante de la casa, pero en él no había nada elegante; ya no. Olía a sudor rancio, a tabaco, a suciedad. Las cortinas estaban corridas sin ningún cuidado. La colcha y los almohadones se veían mugrientos. En el suelo había varios pares de zapatos desgastados esparcidos al azar. Junto a la cama había dos ceniceros rebosantes de colillas, una botella de whisky vacía y una pila de revistas masculinas ilustradas. Esto último la horrorizó más que el conjunto de todas las demás cosas. ¿Su padre, babeando con fotografías de chicas desnudas que se toqueteaban? ¿Chicas no mucho mayores que ella misma? No soportaba pensar en eso.

Algo metálico salía de debajo de la cama. Se agachó para ver qué era. Una máquina de remo cubierta de polvo. Su padre tenía una igual. El mismo modelo, el mismo color, seguramente el mismo número de serie. La había comprado hacía tres o cuatro años y la usaba lo menos posible. De vez en cuando, su madre le decía que estaba echando tripa y él sacaba la máquina y se ponía a hacer ejercicios unos diez minutos antes de volver a guardarla donde nadie la viera. Pero hacía mucho que nadie hacía diez minutos de ejercicio con ésa.

Naia miró en derredor con tristeza. En su casa, ése era un dormitorio hermosamente decorado y más que acogedor; la única habitación de estilo anticuado que había en la casa —un estilo escogido adrede—, llena de palmeras y jardineras, mantones de encaje que cubrían pantallas de bambú, viejas postales en pequeños marcos de plata. Bajo una de las ventanas había un asiento tapizado en el que a su madre le gustaba sentarse a leer hecha un ovillo. En verano y en otoño, la ventana quedaba protegida por la sombra de la fronda temblorosa del sauce que había fuera. Su madre decía que le hacía compañía. A su padre nunca pareció importarle que su habitación no fuese muy masculina. Al contemplar esa réplica chapucera de la otra habitación apacible y atractiva, Naia comprendió por primera vez la razón de tal descuido: al parecer no le importaba cómo fuese la habitación... ni lo que acabara siendo de ella.

Un enorme armario de nogal ocupaba gran parte de una pared. Fijó la mirada en la puerta de la izquierda, que no estaba cerrada del todo. El armario era una copia exacta del de la habitación de sus padres y Naia sabía que tenía tres compartimentos.

Abrió la puerta del todo y descubrió un revoltijo de pantalones y chaquetas arrugados y media docena de camisas a las que les habría ido bien someterse a un planchado. Dos de las camisas tenían los puños desgastados y una tenía un cerco por la parte interior del cuello. La estrecha sección central del armario, en la que se juntaban las dos grandes puertas, estaba equipada con una serie de estantes y cajones poco profundos. Allí era donde su madre guardaba la ropa interior limpia y los pañuelos, junto con algunas olorosas bolsitas de hierbas o lavanda. Pero la parte central de aquel armario no contenía ropa limpia ni aromas, sólo rebujos de prendas sucias.

Naia asió el tirador de la puerta de la derecha, el lado de la madre de Alaric, y lo abrió despacio, temerosa de lo que podría encontrar allí. Encontró muy poco: un embrollo de perchas en la barra, y en el suelo, entre varias bolas de pelusa, un par de prismáticos de latón bastante viejos. ¿Qué habían hecho con sus cosas? ¿Las habrían quemado? ¿Las habrían dado a una tienda de segunda mano? Era como si hubiesen intentado borrar todo lo que les recordaba a ella.

Cerró la puerta a toda prisa y fue a sentarse al taburete que había delante del lavabo con repisa de mármol que la madre de Alaric había utilizado como tocador, igual que hacía aún la de Naia. Descansó los codos sobre el mármol gris de vetas blancas y, con la barbilla entre las palmas de las manos, se miró impotente en el gran espejo ovalado de la pared. El rostro consternado de ese espejo ligeramente desportillado podría haber sido el de Alaric. «No me extraña que esté resentido —pensó—. Cómo debe de molestarle mi buena situación.»

Bajó la mirada, incapaz de seguir contemplando ese rostro desolado, apenado y acusador. Siempre le habían encantado las cosas que tenía su madre en aquella repisa de mármol: pequeñas botellitas de perfume de cristal tallado, alfileres de sombrero decorativos en un cojín de terciopelo, peines de nácar, un espejo de mano de concha de tortuga, cajitas y bandejitas para anillos, pulseras y baratijas. Nada muy valioso, pero todo muy agradable a la vista. Allí no había nada de eso. El espacio había sido ocupado por un montón de rotuladores, tíquets rotos, pulverizadores bucales, monedas, librillos de cerillas, un par de novelas de John Grisham desgastadas y con las páginas dobladas. Todo era feo. Aquel lugar era feo. Las vidas de las personas que vivían allí eran feas.

«¡Ésta no es mi casa!»

Las mismas palabras que Alaric había pronunciado al darse cuenta de que había aterrizado en un Withern Rise más querido. Qué conmoción debía de haberle causado. No podía culparlo por haber intentado marcharse con tal desesperación. Pero ¡para volver a eso! «Tiene que haber algo que yo pueda hacer —pensó Naia—. Tiene que haber algo.»

Entonces se le ocurrió. Sí había algo.

Se levantó al instante y se puso manos a la obra.

6.11

Liney había estado cociendo algo de un color alarmantemente acre en la cazuela más grande que encontró.

—Así puedo quemar más comida —le había dicho a Alaric, que todavía sospechaba tanto de su sentido del humor como de su experiencia culinaria.

Cuando su tía consideró que el guiso ya estaba listo, colocó un cuenco delante de Alaric y otro al otro lado de la mesa de la cocina.

El chico olisqueó el contenido del cuenco.

—¿Qué es esto?

—Yo lo llamo sopa. Pruébala.

—Tú primero —repuso él.

—Sé valiente, sobrino. A lo mejor te llevas una sorpresa agradable.

La degustó. Cuando alzó la mirada, tenía los ojos abiertos como platos.

—Nunca había probado nada igual.

Su tía sonrió de oreja a oreja.

—Es una nueva receta.

—¿De dónde la has sacado? —Su tía se dio unos golpecitos en la sien.

»Ah, eso lo explica todo.

Alaric dio otro sorbo de cortesía por si le habían fallado algunas papilas gustativas. No, le funcionaban perfectamente. Dejó la cuchara.

—Lo siento, no puedo.

Liney probó la suya. También su rostro adoptó una expresión apenada.

—Tiene mucho valor nutritivo —dijo, para compensar.

—Es el sabor lo que me preocupa.

Alaric apartó su cuenco y se fue a la nevera a buscar una pizza. Abrió el envoltorio y la metió en el microondas. Unos minutos después, cuando Alaric ya había despachado la mitad de la pizza, Liney, que había consumido unas buenas tres cuartas partes de su sopa, espetó de repente:

—¿Sabes? Esto está asqueroso.

—Hay otra pizza, si quieres —repuso él.

—Me refiero a la cocina. A toda la casa. ¿Cómo ha podido descuidarla hasta este punto? —Alaric jugueteaba con una rodaja de *peperoni*, sintiéndose culpable por asociación—. A lo mejor paso el aspirador y le quito el polvo a un par de cosas —siguió diciendo Liney—. Alguien debería hacerlo.

Entornó sus ojos saltones mirando a su sobrino, esperando claramente un ofrecimiento.

—Lo siento —dijo él—, tengo deberes. —Y engulló el resto de la pizza.

Al subir, Alaric olió a abrillantador. La barandilla relucía y estaba desacostumbradamente suave bajo su mano. Al entrar en el baño, levantó la tapa del retrete y vio una insólita espiral de desinfectante por toda la taza. Después reparó en que la bañera y el lavabo estaban limpios, y en que las pequeñas esquirlas de jabón habían sido repuestas por una pastilla nueva del armarito. También habían enderezado las toallas, la alfombrilla de baño estaba colgada con cuidado en el borde de la bañera, y la vieja cortina roñosa estaba enganchada por tres anillas que llevaban meses sueltas. Se lo atribuyó todo a su tía, aunque no se le ocurrió cuándo había encontrado tiempo para hacerlo. Habían estado jugando a idioteces en Withy Meadows hasta la tarde y aquello no estaba así cuando se habían ido. Como para reivindicar la autoría de aquella transformación, Liney, medio acompañada por Tom Jones, se puso a entonar a gritos *Sex Bomb* en la cocina. Alaric no pudo evitar soltar una risita mientras avanzaba hacia su habitación por el descansillo.

No tenía más intención de adelantar los deberes que de saltar con pértiga hasta la luna, pero se ocupó de preparar el escenario por si lo importunaban. Una hora después estaba tumbado en la cama, envuelto en su edredón y rodeado de libros de texto mientras por sus oídos entraban chorros de música a través de unos auriculares. La música hacía las veces de banda sonora a sus pensamientos; pensamientos que, allá por donde vagaran, siempre regresaban al otro Withern Rise... y a esa voz que había llegado desde el pie de la escalera. La música le impidió oír la puerta que se abría, y tampoco la vio abrirse porque tenía los ojos cerrados. De repente se dio cuenta de que ya no estaba solo porque notó una mano sobre el hombro. Abrió los párpados de sopetón. Liney estaba inclinada sobre él.

—Siento sobresaltarte —dijo mientras le arrebataba los auriculares de las orejas—. He llamado a la puerta. Pero no había forma de que me oyeras. —Agitó uno de los libros de texto que él no había abierto—. Los estudios avanzan a un ritmo acelerado, por lo que veo.

—Estaba descansando. —Alaric retiró el edredón y se sentó, poniendo los pies en el suelo—. ¿Qué querías?

—Sólo comunicarte lo impresionada que estoy —contestó ella.

—¿Impresionada?

—Ayer, cuando eché un vistazo a la habitación de tu padre, pensé que había sufrido un ataque terrorista. Imagínate qué impresión al entrar ahora para intentar arreglarlo un poco. Y el baño también. ¿Cuándo has hecho todo eso?

—No tengo la menor idea de lo que me estás diciendo.

Liney sonrió con ánimo conspirador.

—No te preocupes, no te delataré. No nos gustaría que el viejo lo convirtiera en una tarea obligatoria, ¿verdad? —Se dirigió hacia la puerta—. Estoy pasando el aspirador por el descansillo. Dentro de un minuto lo haré aquí. ¿Te va bien?

Alaric se encogió de hombros y su tía cerró la puerta. El ruidoso aspirador se puso en marcha. Él se sentó a escuchar cómo el runrún del aparato se desvanecía a lo lejos y luego zumbaba un rato al otro extremo del descansillo antes de volver al ataque. Cuando golpeó contra su puerta pidiendo que lo dejaran entrar, el chico se levantó, abrió y dio un salto atrás cuando el viejo chisme cascarrabias le saltó a los tobillos. Salió del cuarto y atravesó el descansillo. No podía imaginar qué era lo que Liney creía que él había hecho en la habitación de su padre, que casi siempre estaba hecha una pocilga, aún peor que la de él. Empujó la puerta. Los zapatos que habían estado esparcidos allí donde los habían echado de una patada estaban ahora alineados y lustrosos bajo la ventana. Los ceniceros estaban vacíos y limpios. Las revistas del suelo, junto a la cama, habían desaparecido. El tocador ya no tenía todas aquellas porquerías. Las cortinas estaban enderezadas. Incluso habían pulverizado la habitación con algo que recordaba al aroma de manzanas muy maduras. Alaric no podía dejar de mirarlo. ¿Y su tía pensaba que él había hecho todo eso? Esa mujer estaba peor de la chaveta de lo que había creído. Debía de haberlo hecho ella misma, con su...

Ah. Entonces lo entendió.

Al principio lo enfureció que Naia se hubiese tomado la libertad de hacer todo eso, luego se sintió humillado por que hubiese visto el estado de la casa, que ella habría comparado con toda naturalidad con su hogar perfecto. Debía de haber sentido lástima por él, y seguro que estaría muy satisfecha consigo misma por su «buena acción». Alaric cerró los puños. ¿Quién narices se creía que era? Bueno, pues no se saldría con la suya. La pondría en su lugar. «Tú, espera —pensó—. Espera y verás.»

6.12

Naia se habría quedado más tiempo y habría hecho más cosas, pero no quería que su madre empezase a preguntarse dónde se había metido. Además, ese visitante de gusto dudoso podría haber vuelto en cualquier momento. No había pensado cómo podría explicarle su presencia a esa persona. Se alegró al descubrir que el regreso fue más sencillo que el viaje de ida y nada doloroso. Lo único que había que hacer era poner una o ambas manos sobre el Capricho de Alaric y pensar en su casa. De pronto la habitación se desvaneció y se encontró en el jardín; esta vez en el de ella. La última etapa fue aún menos difícil. Sólo con desear lo suficiente estar dentro de la casa, allá ibas, hacia la habitación en la que estuviera el Capricho en ese momento. Una vez hubo regresado se echó a reír diciéndose: «Mi primera visita a una realidad alternativa, y voy y hago limpieza.» Sin embargo, después recordó la casa deprimente de Alaric y su triste vida, y dejó de sonreír.

Se pasó gran parte de la tarde y casi hasta la hora de la cena yendo de una habitación a otra, examinando objetos, suspirando, dejándolos otra vez. Si su madre se llevó la impresión de que estaba haciendo una especie de inventario mental de los contenidos de la casa, no se equivocaba mucho. Naia estaba comparando sus cosas con las de Alaric, pensando que si el azar hubiese resultado a la inversa, a favor de él y no de ella, su situación habría sido la contraria y ella misma habría acabado viviendo en una casa fría y sombría con sólo un padre y un futuro poco prometedor.

6.13

Esa noche, cuando sonó el teléfono, fue Naia la que contestó al pasar junto a él por el recibidor:

—Eh, Nai, soy yo.

—Hola —repuso ella con voz fría.

—¿Cómo está por ahí el tiempo?

—De invierno.

—Aquí también. La nieve cae con más fuerza que nunca.

—Supongo que estás con Kate —dijo Naia.

—¿Kate? Ahora mismo no, pero hemos cenado juntos. Por eso llamo tan tarde. Os manda recuerdos.

—¡Hmmm!

—¿Perdón?

—Eso es lo que tendrías que pedir tú. ¡Mamá! —gritó, esperando dejarlo sordo—. ¡Tu marido al teléfono!

Dejó el auricular en la mesita del recibidor de un golpetazo y se fue indignada a la sala alargada, donde se lanzó sobre el sofá y se puso a hacer *zapping* por los canales de la tele. Unos minutos después, su madre entró y se dejó caer en el gran puf que había colocado junto a la mesita del café, donde estaba poniendo al día el álbum familiar. Había empezado ese álbum estando embarazada de Naia y en muchas de las primeras fotografías se la veía con un vestido de premamá y una gran barriga. Alex era muy exigente a la hora de elegir las fotografías para el álbum. Estaban ordenadas en una estricta secuencia temporal en todas las páginas, con fechas y a menudo con algún comentario simpático. A su madre le gustaba que todas las páginas fuesen diferentes, lo cual requería cambiar la forma y el tamaño de los revelados, además del diseño. Para eso tenía unas tijeras y una pequeña guillotina muy práctica.

—Tu padre dice que has estado un poco rara —comentó, mientras ojeaba las últimas copias que había sobre la mesa—. Se preguntaba qué había hecho.

—¿Ah, sí?

Naia fue pasando sucesivamente de un programa de música a un documental sobre las pirámides y a Johnny Depp como detective victoriano opiómano en busca de Jack *el Destripador*.

—¿No puedes decidirte por una sola cosa? —dijo Alex.

—No dan nada.

—Pues apaga la tele.

No la apagó, sobre todo porque le habían dicho que lo hiciera, y en lugar de eso se entretuvo contemplando una obra de aspecto teatral llena de personajes con túnicas. Alex alzó la mirada. *Edipo rey*. De estudiante había participado en una producción de esa obra. La pantalla se quedó vacía. Naia echó a un lado el mando y cogió una naranja del frutero. Se acercó despacio a la chimenea y se quedó allí, tirando las peladuras a las llamas. Un rato de silencio y luego:

—Naia, ¿has visto el Capricho?

La garganta de Naia se contrajo sobre un trozo de naranja. Tosió para aclarársela.

—¿El Capricho? ¿Por qué?

—¿Cómo que por qué? Porque no está en su sitio, por eso.

—Lo he subido a mi habitación. —Era todo cuanto pensaba decir, pero al parecer su madre esperaba más de ella—. Ya lo volveré a bajar, si tanto importa.

—No es que importe —repuso Alex con calma—. Es sólo que me gusta saber dónde están las cosas. ¿Cuál de estas fotos crees que debería poner?

El reloj Westminster empezó a sonar mientras Naia se alejaba de la chimenea. Se inclinó sobre la mesita del café. Las dos fotografías sometidas a examen eran muy recientes, tomadas justo antes de Navidad, su madre y su padre emperifollados para una fiesta de disfraces. Su madre iba de Santa Claus, con barba y todo, y su padre del monstruo de Frankenstein, con grandes botas, tornillos en el cuello y unas mallas verdes de rejilla (innovación personal). La principal diferencia entre las dos fotografías era que en una de ellas su padre estaba con la mano en la cadera y con una mueca estrafalaria.

—Ésa —dijo Naia, señalando a la otra—. No se le ve tan memo.

—Eso creía —dijo su madre—. Rompamos una lanza en favor del sentido del humor.

—¿Por qué me preguntas, si al final vas a hacer lo que quieras?

Alex la miró.

—¿Por qué no te sientas aquí conmigo y me cuentas qué te tiene tan susceptible hoy?

—No estoy susceptible —espetó Naia.

—Ah, claro. Pues me lo debo de haber imaginado.

Su madre no tenía forma de saber que Naia ansiaba explicarle las cosas que tenía en la cabeza, pero no podía, sencillamente no podía por ser ella quien era. ¿Cómo iba a hablarle a su madre sobre la otra Alex Underwood que no había sobrevivido al accidente de tren, sobre un Withern Rise que se caía a trozos por la falta de cuidados, sobre Kate y su relación con una versión alternativa de su padre, que aún fumaba?

—Necesitas algo en lo que ocupar tu mente —dijo Alex.

—Ya la tengo ocupada.

—¿En qué?

Se encogió de hombros.

—En cosas.

—Ah, cosas.

Naia escupió un par de pipas en la palma de la mano y las lanzó al fuego. Las llamas se avivaron con gratitud.

—Creo que me voy a la cama.

—¿A las diez? ¿Tú?

—No tengo nada que hacer levantada. —Y se fue hacia la puerta que quedaba más lejos.

—Oye, Naia. —Naia dio media vuelta—. ¿El Capricho?

—Ahora lo bajo.

—No hace falta. Quédatelo allí arriba si quieres. Sólo era por saberlo.

Alex escuchó a su hija caminar pesadamente por el piso de arriba, como si sus zapatillas fuesen de plomo. Era imposible conversar con ella cuando estaba así, pero tenía dieciséis años. Guardárselo todo dentro y creer que sus padres no la entenderían iba en el lote. Alex siguió con su tarea. Pasaron los minutos, marcados por el regular tictac del reloj. Sin embargo, de pronto se oyó un chillido en el piso de arriba, seguido de un fuerte golpetazo. Alex se puso en pie de un salto, atravesó corriendo la sala hasta la otra puerta y salió al recibidor.

—¿Naia? —Ya estaba en la escalera cuando Naia apareció en el descansillo en ropa interior—. Nai, ¿qué ha sido eso?

—He tropezado al quitarme los vaqueros. Me he caído.

—Ha sonado como si te estuvieran atacando.

—Sólo han sido los vaqueros.

—¡Pues no vuelvas a darme estos sustos!

—Lo siento.

Alex volvió a la sala alargada y a su álbum de fotos.

Naia entró otra vez en su habitación.

—¡Idiota! —siseó, cerrando la puerta al entrar.

6.14

Era del todo cierto que se había caído mientras se estaba desvistiendo. Se había bajado la cremallera de los vaqueros, había sacado la pierna izquierda y ya se estaba agachando para liberar el pie derecho cuando bajó la temperatura de la habitación. Al notar una presencia tras ella, se volvió a medias y se encontró con una figura encapuchada de pie y con unas botas cubiertas de nieve. Fue entonces cuando chilló y se cayó, atrapada en los pantalones vaqueros. Después de aplacar los temores de su madre, había espetado ese: «¡Idiota!», seguido de un: «¡No mires!», y había agarrado la bata del gancho de la puerta.

—¿Qué estás haciendo aquí a estas horas de la noche?

Alaric se volvió de espaldas mientras se desabrochaba la parka y lanzaba la capucha hacia atrás. Allí dentro hacía un calor achicharrante después de haber estado en su habitación y en el jardín.

—He pensado que tendría más probabilidades de encontrarte ahora.

—Pues enhorabuena, has acertado.

—¿Puedo darme ya la vuelta?

Naia ató un nudo bien fuerte en el cinturón de su bata.

—Si no hay más remedio...

El chico se volvió, decidido a mantener el enfado que llevaba acumulando desde hacía horas.

—Hoy has estado en mi casa. ¿Por qué?

—Quería ver si mi Capricho también funcionaba.

—Lo que querías era hacernos la limpieza. ¡Menudo morro!

—No levantes la voz, mi madre está ahí abajo.

—Menudo morro —repitió Alaric en voz más baja—. ¿A ti qué te parecería que un fisgón fuese revolviendo tus cosas cuando tú no estás?

—Yo no soy una fisgona y no revolví vuestras cosas.

—Seguro que echaste un buen vistazo.

—No te hagas ilusiones. Tus cosas no me interesan ni una pizca.

Alaric frunció el ceño con lo que le quedaba de rabia. Su indignación le parecía ahora bastante absurda, incluso a él.

—Bueno, no vuelvas a recoger nuestras cosas, ¿vale?

—Si te parece, volveré y lo desordenaré todo otra vez.

—Ya es demasiado tarde. Mi tía lo ha visto. Cree que he sido yo.

—¿Tu tía?

—Apuesto a que la tuya sigue en su casa, en Sheringham —dijo con sorna—. Y que te deja en paz.

—No tengo ninguna tía en Sheringham.

La sorna se esfumó.

—¿Qué?

—Que no tengo ninguna tía en ninguna parte.

—Pero si todo es igual... Mamá, papá, la casa. Tienes que tener una tía. —Se inclinó hacia delante con seriedad, como si la seriedad fuese a ayudarla a recordar—. ¿Liney? ¿Selina? ¿La hermana mayor de tu madre?

—Mi madre no tiene ninguna hermana mayor —repuso Naia—. ¿La tuya sí la tiene?

—Tenía. La única persona a la que he oído llamar Lexie a mi madre, aparte de ella misma. Liney y Lexie. Nombres que se pusieron ellas de pequeñas, según me dijo.

Naia no salía de su asombro.

—¿Por qué tenía tu madre una hermana y la mía no? No lo pillo.

No obstante, Alaric sí lo pillaba. Lo pillaba demasiado bien.

—Misterio —dijo, sin desvelar nada.

—Y esa tía tuya, ¿está en tu casa? ¿Era de ella todo lo que encontré en la habitación de invitados?

—Sí.

—Creía que era de alguna chiflada.

—No te equivocabas.

—¿Está casada? ¿Tiene hijos?

—No.

—¿Cuántos años tiene?

—Cuarenta y tres, cuarenta y cuatro, ciento cinco, ¿qué más da?

—¿Cómo es? Háblame de ella, quiero saberlo todo.

—No quiero hablar de ella.

—Venga, por favor. Quiero saber cosas.

—No.

Por fin él tenía algo que ella no tenía. A alguien. Puede que Liney no fuese una pariente de ensueño, pero era de él —de él y de nadie más, al parecer— y pensaba quedársela para él solito. Al darse cuenta de que el muchacho no iba a cambiar de opinión al respecto, Naia decidió dejarlo correr de momento. Vio que la nieve se estaba derritiendo lentamente en la moqueta y buscó debajo de la cama el trozo de papel de regalo navideño de la última vez. También sacó una bolsa de plástico enrollada que contenía las zapatillas de Alaric.

—¿No las has echado en falta?

—Tenía prisa.

—Bueno, pues esta vez llévatelas contigo. Podría suponerme bastantes quebraderos de cabeza que mi madre encontrase unas zapatillas de chico debajo de mi cama. —Extendió el papel en el suelo—. Ponte aquí encima.

Pero Alaric no se puso allí encima. Se sentó en la cama y levantó los pies para que ella le pusiera el papel debajo.

—¿Eso era lo único que querías al ir a mi casa? —le preguntó—. ¿Probar tu Capricho?

Naia se dejó caer en la butaca que tenía un desgarrón en el brazo.

—Y verte a ti —contestó.

—¿Por qué? ¿Para qué?

—Tenemos cosas que hablar.

—Sí, supongo que sí.

—Empezando por los Caprichos en sí, ahora que sabemos que ambos funcionan.

—Los Caprichos. Suena a espectáculo de cancán.

Naia no hizo caso.

—Mi madre elaboró el nuestro hace tres o cuatro años, así que supongo que la tuya también haría el vuestro entonces. —Él asintió con un gesto—. No sé tú —prosiguió ella—, pero yo debo de haber tocado el nuestro cientos de veces desde entonces y nunca había pasado nada. O sea que, ¿por qué ahora sí?

—¿Una de esas cosas que pasan? —aventuró él.

—¡Una de esas cosas que pasan! He estado pensando un buen rato en esto y he llegado a la conclusión de que los dos Caprichos se activaron por una combinación de factores que coincidieron a la vez.

—¿Factores?

Naia alcanzó un cuaderno de reportero que tenía en la mesilla de noche.

—Mi madre me dijo que creía que el fanal original

pertenecía a la esposa del Underwood que construyó Withern Rise. Ése es el primer factor. —Abrió de golpe el cuaderno y consultó la lista que había confeccionado—. Segundo factor: el Underwood que construyó Withern está enterrado en el jardín.

—¿Qué?

—¿No lo sabías?

—No.

—Yo tampoco, hasta hoy. Estaba curioseando en una vieja maleta del trastero y me he encontrado una necrológica y un artículo de una revista sobre ese clérigo cachondo. El obispo Aldous no sé qué Underwood.

—¿Cómo que obispo Underwood?

—Sí, nuestro mismísimo obispo, y bastante picarón, por cierto. Tiene todo un historial de tejemanejes con las mozas de la localidad.

—¿Y está enterrado en tu jardín?

—En el mío y en el tuyo, supongo. Una versión de él en cada uno.

—¿Dónde?

—La mujer del viejo hizo un dibujo. No quería una lápida en el jardín, imagino, así que le plantó un árbol encima. ¿Underwood? ¿«Bajo madera», en inglés? Podría ser su idea de un chiste, aunque lo dudo, porque al fin y al cabo estaba de luto, por el amor de Dios.

—¿Sigue ahí el árbol?

Naia se levantó y se acercó a la ventana que daba al jardín sur. Alaric la siguió dejando un rastro de pequeños montoncitos de nieve y miró por encima del hombro de ella.

—¿El árbol Genealógico?

—Tiene que serlo, según el dibujo. La viuda Underwood lo llamaba «el roble de Aldous». A lo mejor alguien que vino después de ella quería olvidar quién estaba ahí debajo y le cambió el nombre.

—Yo solía trepar siempre a ese árbol —dijo Alaric.

—Y yo. A lo mejor no lo habría hecho de saber que era una lápida. —Regresó a la butaca—. Pero, si lo piensas, está bien que el obispo esté ahí debajo. Quiero decir que, de no ser por él, Withern no existiría y nosotros tampoco. Al menos no aquí. Ése es el tercer factor, por cierto.

—¿El qué?

—Que el árbol Genealógico fue plantado sobre el obispo Aldous. Y el cuarto factor es el año en el que fue plantado, que fue también el año de su muerte, claro.

Alaric volvió a la cama y puso los pies sobre el papel de regalo navideño.

—¿Qué año fue?

Naia logró no quedarse mirando el nuevo rastro de nieve que iba hasta la ventana y volvía otra vez.

—1905. Hace justo un siglo. ¿Ves como todo coincide? —Consultó su cuaderno—. El quinto factor...

—¿Cuántos factores tienes? —preguntó él.

—Unos cuantos más. Factor quinto: Alex Underwood construyó un modelo de Withern Rise para meterlo en la pantalla de la viuda Underwood. Un modelo tallado con la madera del árbol Genealógico. Factor sexto: la primera vez que tu Capricho te envió aquí fue en el segundo aniversario del accidente de tren en el que...

No necesitó terminar la frase.

—Tengo otro factor para ti —dijo Alaric—. La noche del accidente se puso a nevar... y ayer también estaba nevando.

—¿Crees que la nieve es importante?

—¿Y por qué no? ¿Porque se me ha ocurrido a mí?

—No, me refiero a si tiene que estar nevando. A lo

mejor es un factor fundamental. Ha nevado todas las veces que has venido aquí, y también nevaba cuando yo fui a vuestra casa. A lo mejor tiene que nevar para que los Caprichos funcionen. Lo cual significa que, si deja de nevar, podrías quedarte atrapado aquí.

Alaric miró por la ventana.

—¿Has oído la previsión meteorológica?

—La local no, pero en Bristol está cayendo una buena.

—Bueno, a la primera señal de que vaya a parar, me largo.

—Mejor así. Un repentino inquilino masculino en mi habitación podría no sentarles demasiado bien a mis padres.

—Una pregunta —dijo Alaric.

—¿Qué?

—Si los Caprichos empezaron a funcionar porque todos esos factores coincidieron justo el día adecuado, ayer, ¿por qué siguen funcionando hoy?

Naia alzó un hombro.

—A lo mejor se forjó un vínculo entre los dos Caprichos y ahora que están activados sólo tenemos que... entrar en el sistema.

—Tienes respuestas para todo, ¿verdad?

—Se hace lo que se puede. Aún queda otro factor. —Se puso a garabatear en el cuaderno—. Será el octavo factor, ahora que hemos añadido lo de la nieve. Has empleado tres veces el Capricho para venir aquí, ¿verdad?

—Sí, ¿y...?

—En esas tres ocasiones, ¿estabas trastornado por algo? Quiero decir enfadado, triste, especialmente sensible.

La expresión de Alaric se ensombreció: eso era una

intrusión en su intimidad. Ella lo sabía, pero insistió de todos modos.

—Cuando yo intenté ir para allá, al principio mi Capricho no funcionaba. Luego me enfadé, casi desesperé, y de pronto me encontré en el jardín. En tu jardín. Por cierto, me lo podrías haber dicho y me habría puesto algo de abrigo. ¡Y qué dolor! También podrías haberme avisado de eso.

—No sabía que ibas a pasarte.

—¿Y bien? ¿Lo estabas?

—¿Si estaba qué?

—Algo alterado esas tres veces.

—No.

—¿Estás seguro?

—Que sí.

Naia lo dejó correr. Igual que con lo de la tía, esperaría hasta que Alaric estuviera más sosegado. Sin embargo, había otras cosas que no podían esperar.

—¿Quieres saber qué otra cosa he estado pensando? —Él no dijo nada, sólo se quedó allí sentado, aguardando su próximo destello de inteligencia—. La noche del accidente. Del descarrilamiento. Mamá tenía un cincuenta por ciento de posibilidades, ¿no?

—¿Tenemos que volver otra vez a eso? —soltó Alaric, cansado.

—Lo siento, pero es importante. Un cincuenta por ciento de posibilidades, vivir o morir, y ¿qué hizo ella? Vivió y murió. Ahí está ella, en el tren que sale de King's Cross, se encuentra con un raíl resquebrajado y de pronto su vida pende de un hilo. Es una situación tan crítica que la realidad, de por sí, no puede soportarlo y debe crearse una segunda realidad para que ambas cosas, su vida y su muerte, sucedan a un tiempo.

—¿Cómo que crearse? ¿Acaso te imaginas que esto es la Biblia?

—No, las realidades alternativas surgen por generación espontánea.

—Y eso lo sabes a ciencia cierta, claro.

—Claro que no, estoy especulando.

—Lo cual significa que podría ser una completa gilipollez.

—Podría ser, pero tiene que haber alguna explicación científica. ¿Sabes cómo se divide en dos una célula viva? Se parte, se replica a sí misma, forma un gemelo. Bueno, pues imagínate la realidad como una gran célula gigantísima que, en determinadas circunstancias como las situaciones de vida o muerte, por ejemplo, se divide en dos realidades idénticas, salvo por el hecho de que el suceso que provocó la división tiene un resultado diferente en cada una.

—¿Así de fácil? —preguntó él.

—Así de fácil.

—¿Siempre en una situación de vida o muerte?

—No necesariamente. Podría ser en una decisión, un «¿Lo hago o no lo hago?». Si tomas una dirección sucede esto, si tomas la otra... —Se puso una pistola invisible en la sien—. Mi madre me enseñó hace un tiempo una historia del periódico sobre un hombre, creo que era dentista, aunque eso no importa, que conducía de vuelta a casa desde el trabajo cuando se puso a buscar una tira de chicle en el bolsillo. Al hacerlo, un gato se le cruzó por la carretera. El hombre viró con brusquedad, con la mano aún en el bolsillo, perdió el control del coche y se subió a la acera, donde había una pareja que salía de una inmobiliaria con un bebé en un cochecito. Se abalanzó sobre ellos y los mató a los tres. Imagínate. Si no hubiese buscado el chicle en ese momento, o si el gato no se le hubiese cruzado, esa familia habría vuelto a su casa sana y salva y el dentista no estaría cumpliendo condena por homicidio.

—Y en una realidad alternativa viven todos felices para siempre —añadió Alaric.

—La felicidad no tiene nada que ver con esto. No se trata de un paraíso instantáneo en el que todo el mundo sonríe y donde suena música por toda la eternidad.

—Estas dos realidades tuyas... ¿Qué es lo que las separa?

—¿Lo que las separa?

—Físicamente.

—Ocupan el mismo espacio. Cuando pasamos de una a otra entramos en una versión diferente del mismo espacio que acabamos de dejar.

—Ocupan el mismo espacio, pero ¿son invisibles la una para la otra?

—No existen la una para la otra. Sólo son reales para sí mismas y para las formas de vida que hay en ellas. Aunque algunos animales sienten otras realidades alguna que otra vez. ¿Nunca has visto a un perro gruñirle a algo que no está ahí?

—Eso es porque los perros tienen papilla en lugar de cerebro.

—Pero también tienen unos sentidos bastante afinados. A lo mejor algún que otro humano la entrevé también. Piensa en toda esa gente que afirma haber visto figuras espectrales en la escalera o a los pies de la cama. Los niños pequeños que se oyen llorar en casas en las que no hay bebés. ¿Cómo sabemos que no se trata de imágenes entrevistas de realidades vecinas o superpuestas?

—¿Y cómo podemos verlas si están completamente separadas?

—No lo sé, a lo mejor se produce algún fallo aquí y allá. —Alzó la mano para mostrar el roto en el brazo del sillón—. Como un desgarrón en un trozo de tela. Nos deja entrever un pequeño pedazo de algo y luego... queda sellado por sí mismo.

Al oír eso Alaric no pudo contener la incredulidad que había estado tratando de ocultar por temor a parecer tan corto de luces y poco imaginativo como lo hacía sentirse Naia.

—¿De dónde sacas esas ideas?

Ella sonrió.

—Me vinieron en un sueño.

Naturalmente, Alaric pensó que lo decía en broma. Y así era.

—Mira, podríamos pasarnos toda la noche especulando —prosiguió entonces Naia—, pero mi madre puede subir en cualquier momento. A lo mejor deberíamos centrarnos en nosotros mismos. En nosotros y en la familia. Como eso de tu tía —añadió con esperanza.

—Olvídate de mi tía —espetó él de manera cortante.

—Nosotros dos, entonces. Dónde nacimos y todo eso. Yo nací en el hospital de Finchinglea, el 5 de octubre de 1988. ¿Y tú?

—El 5 de octubre de 1988, en el hospital de Finchinglea.

—¿Hora?

Alaric se miró el reloj.

—Casi las nueve y media.

—De nacimiento —repuso ella con impaciencia.

—Hmmm... A eso de las cinco y cuarto de la madrugada, creo.

Naia enarcó las cejas.

—¿A las cinco y cuarto? ¿No a las cinco y veinte?

—Ah, sí, eso es. ¿Cómo te acuerdas de eso?

—Mi madre tenía un «diario del recién nacido».

—La mía también, pero no me lo sé de memoria.

—La mía se lo enseña siempre a las visitas delante de mí.

La madre de Alaric también solía hacer eso, lo recordaba; un recuerdo que se guardó para sí.

—Sabes qué significa eso, ¿verdad? —dijo Naia.

—Seguro que tú me lo dices.

—Que somos la misma persona.

—¿Hmmm?

—Piénsalo. ¿Qué otra cosa podríamos ser?

—¿Cómo vamos a ser la misma persona? Somos...

—De sexos diferentes, sí, pero ambos somos la única descendencia de Alex Underwood, Alex Bell por aquel entonces, nacidos en el mismo minuto y en el mismo lugar. Somos variantes de un solo individuo. —Alaric todavía estaba intentando asimilar eso cuando Naia se dio una palmada en la frente—. ¡Oh, pero qué burra! Había estado pensando que todo esto empezó con el accidente de tren, pero no es así. No puede ser. Tiene que haber empezado antes de eso. Catorce años antes.

—¿Por qué? ¿Qué pasó entonces?

—Pasamos nosotros. Tú y yo.

—¿Crees que fuimos nosotros los que empezamos todo esto de la doble realidad?

—A mí me parece que tiene sentido —exclamó ella, exaltada—. Hay una Alex Bell, ¿verdad? Está embarazada y, igual que cualquier futura madre que no está metida en ingeniería genética, podría tener una niña o un niño. Puesto que se trata de una situación de un cincuenta por ciento de probabilidades, una segunda realidad tiene que entrar en juego para que ella pueda tenerlos a ambos simultáneamente. Desde luego, ninguna de las Alex sabe que ahora son dos, una con una hija y la otra con un hijo.

—Una segunda realidad habría surgido antes del nacimiento —dijo Alaric.

—Sí, justo antes, huelga decirlo.

—No, mucho antes. El bebé habría estado creciendo dentro de ella durante meses. Se habría convertido en niño o en niña mucho antes.

Naia se quedó boquiabierta.

—Caray. ¿Cómo no se me había ocurrido a mí...?

—¡Calla!

Naia se detuvo, con los ojos desorbitados.

—Hay alguien en la escalera —susurró él.

La chica aguzó el oído. Un crujido en la escalera. Naia se levantó de la butaca de un salto, como una marioneta a la que le han tirado de las cuerdas.

—¡Deprisa! ¡Debajo de la cama!

—No pienso meterme ahí debajo —dijo él—. Entretenla.

Se dirigió a la estantería y puso las manos sobre el Capricho.

—¡Las zapatillas!

Naia las embutió bajo el brazo de Alaric y luego se fue corriendo a la puerta y salió al descansillo para interceptar a su madre. Lo logró sin dificultad, porque Alex iba al baño, no a verla a ella.

Cuando Naia regresó a su cuarto, todo lo que quedaba para demostrar que Alaric había estado allí era el rastro de nieve medio derretida entre la cama y la estantería.

6.15

Al volver a casa, pese a ser tarde, Alaric fue al trastero, pues la curiosidad le impulsaba a leer la necrológica y el artículo que había mencionado Naia. No vio ninguna maleta, pero la débil bombilla de 40 vatios del cuarto tampoco iluminaba demasiado. A lo mejor el periódico estaba debajo de todos esos cachivaches del fondo o escondido entre las sombras. Al día siguiente lo buscaría, si se acordaba.

En la cama repasó todo lo que habían estado hablando. Le fastidiaba que Naia pareciera mucho más lista que él, pero tenía que admitir que algunas de sus ideas eran interesantes. Su teoría de las dos realidades en una exigía un esfuerzo de imaginación, pero, si él aceptaba la idea de que una sola realidad podía transformarse en dos en algún instante dramático o en un punto decisivo, aquello le aportaba cierta satisfacción: porque ella se equivocaba en cuanto al momento en que sucedió... y también en cuanto a la causa. Naia había deducido que ya había dos realidades la noche del descarrilamiento. Lo que no había deducido —porque carecía de la información que él tenía— era que ya había dos realidades aun antes de que ellos nacieran. Veintisiete años antes, una joven se había enfrentado —o no se había enfrentado— a su futuro marido, que había hecho planes para que ella abortara. A causa de su acto impulsivo de rebelión, la realidad, tratando de solucionar ese giro inesperado de los acontecimientos, se había convertido en dos: una en la que era posible el nacimiento de Liney Bell, otra que aceptaba su inexistencia.

SEGUNDA PARTE

LA TUMBA PARALELA

DÍA CINCO

5.1

La mañana siguiente, Alaric bajó algo más temprano que de costumbre, y se sorprendió al encontrarse a su tía calentándose las manos en la antigua cocina económica, que había encendido hacía una hora. Aun así, seguía vestida para temperaturas bajo cero, con un anorak azul acolchado, un pantalón de peto amarillo, una bufanda multicolor que le daba dos vueltas al cuello y un par de gruesos calcetines de punto que sobresalían de las zapatillas de cuadros escoceses. Hacía tanto tiempo que no había ninguna fuente de calor en la casa que Alaric sintió una sensación agradable, y entonces recordó que las sensaciones agradables no eran algo que experimentara últimamente, y encorvó los hombros sobre su cuenco, lleno de copos de maíz con miel y frutos secos. Liney, que ya se había tomado su ración diaria de «gajos de pomelo en zumo de manzana puro», se sentó al otro extremo de la mesa para mordisquear la esquina de una tostada integral que acababa de quemar y convertir en algo crujiente y delicioso.

—¿Cuándo van a venir a mirar la calefacción? —preguntó Alaric.

—Buena pregunta —repuso su tía.

—Creía que te habías encargado de ello.

—Y así ha sido. El hombre me dijo que estaría aquí a las ocho y media, y yo supuse que sería de la mañana. Podría echarle la culpa a la nieve, pero vive aquí al lado, en el pueblo. Le daré otra media hora, luego te enviaré hasta allí para que le cantes las cuarenta.

—¡No pienso hacer eso!

Su tía le sonrió con burla. Tenía los dientes negros por la tostada quemada.

Un par de minutos después sonó el teléfono en el recibidor. Liney ya se había levantado de la silla y estaba allí antes de que Alaric hubiese tenido tiempo de pestañear. Al regresar, dijo:

—Tu padre. Se retrasará. Cree que un par de días más.

—¿Por qué, qué ha pasado?

—Dice que ha nevado sin parar desde ayer y que algunas de las carreteras están impracticables.

—Seguro que es una excusa —contestó Alaric con dureza.

—¿Una excusa para qué?

—¿Tú qué crees?

Liney volvió a sentarse.

—Nos las apañamos bien, ¿no te parece? —dijo—. Podemos arreglárnoslas sin tu padre un poco más.

—¿No tienes que volver a la tienda?

—Cierro la tienda desde finales de enero hasta mediados de marzo. Hay muy poca demanda de artesanía en Sheringham en esta época del año.

La idea de pasar dos días más en compañía de su tía alarmó a Alaric menos de lo que lo habría hecho veinticuatro horas antes. A fin de cuentas era alguien que había estado a punto de no existir, lo cual le hacía más fácil aguantarla. Además, si su padre estaba fuera un par de días más, también se retrasaría otro tanto la llegada de Kate. Mejor la chiflada de Liney que Kate Faraday, esa madre sustituta no deseada.

—Pero no puedo quedarme aquí sentada en esta casa congelada sin hacer nada —dijo Liney—. Me volveré tarumba si no me mantengo ocupada.

—Ya es demasiado tarde —masculló él.

—Te he oído. ¿Qué me dices de un poco de decoración del hogar? —Alaric entornó los ojos con suspicacia—. Podemos acicalar un poco este tugurio en el tiempo de que disponemos. En tándem. Tú y yo. Batman y Dobbing.

—No se me dan bien esas cosas.

—Bueno, a mí tampoco, pero no dejo que eso me detenga. Tu madre solía guardar todos los trastos de pintura en ese cuartucho que hay encima del garaje, por lo que recuerdo. ¿Sabes si aún siguen ahí?

Alaric se encogió de hombros con desaliento.

—Nunca subo allí. —Decorar la casa con Liney. No había pesadilla más real que ésa—. De todas formas tengo que salir —añadió.

—¿Ah, sí?

—Sí. Lo prometí ayer.

—Ah. —Parecía decepcionada.

Él se tragó el resto de los cereales y desapareció. Al pasar por el recibidor se asomó a la sala del río para coger el Capricho y se lo llevó con cuidado a su habitación. Lo dejó encima de la estantería, igual que había hecho Naia. Cuando se hubo vestido, volvió abajo. Tenía que asegurarse de que Liney estaba ocupada. Llegó a tiempo de ver cómo salía por la puerta de delante. Se apostó en el peldaño y miró más allá de las bolsas y las cajas que ella había vuelto a apilar en algún momento. La vio tirar de una de las puertas del garaje... tarea nada sencilla con toda la nieve que se había amontonado contra ella en los últimos dos días. Su tía desapareció en el interior. Bien, ahora podría decirle que se había ido mientras ella rebuscaba la pintura en el garaje.

No, un momento. Un problema. Ya habían traído la leche, pero el cartero llegaba tarde, así que sólo se veían las huellas del lechero en el camino, de ida y de vuelta. Liney podía estar loca, pero no era estúpida. Si creía que Alaric se había marchado mientras ella estaba en el garaje, esperaría encontrar un segundo par de huellas que se alejara de la casa. Pensó en correr por el jardín para crear las marcas, pero se decidió a no hacerlo al darse cuenta de que no tenía forma de volver sin dejar otro rastro. Tendría que arriesgarse.

De nuevo en su habitación, cerró la puerta y colocó las manos sobre la cúpula de cristal. Apretó los dientes. Esos viajes no eran trayectos de placer. Si fumar podía perjudicar la salud, ¿qué narices no haría un viaje que te espachurraba corazón y pulmones hacia una realidad alternativa? Sin embargo, tenía que ir. Tenía cosas que solucionar. Se concentró en la maqueta y se preparó para la agonía que le esperaba. Al ver que no sucedía nada, se dio cuenta de que, después de sus tres excursiones, no tenía más idea de cómo usar esa cosa que la primera vez. Ni siquiera sabía cómo lo había hecho la noche anterior, cuando se había enfadado tanto por la actividad de limpieza de Naia. Sin embargo, el dolor lo había sobrecogido y lo había expulsado al jardín, y eso era todo cuanto le importaba en aquel momento. Así pues, ¿qué había hecho esa vez que no estuviera haciendo ahora?

«En esas tres ocasiones, ¿estabas trastornado por algo? Quiero decir enfadado, triste, especialmente sensible.»

Cuando Naia se lo había planteado, él había eludido la pregunta. No era cosa de ella cómo se sentía. Pero ¿estaría sobre la pista de algo? Volvió a hacer memoria. Justo antes del primer viaje había añorado, y muchísimo, el antiguo Withern, el de antes de que muriese su madre. La segunda vez había anhelado visitar la versión alternativa de la casa descubierta el día anterior. ¿Y la noche pasada? Estaba enfadado, furioso de verdad. O sea que...

Con las manos sobre la cúpula, intentó avivar sus sentimientos. Intentó evocar el anhelo por el Withern de Naia. Sin resultado. Intentó enfadarse, pero el poco enfado que logró obtener demostró ser tan inapropiado como el anhelo fingido. Realizó un par de intentos más, pero la única sensación algo fuerte que llegó a experimentar fue la frustración, y estaba claro que la frustración no era una fuerza impulsora. Se rindió.

5.2

Naia pasó la mitad de la mañana en su habitación por si Alaric volvía. No estaba obligado a aparecer y no habían quedado en nada en concreto, pero ella no comprendía cómo podía él soportar no estar allí con todo lo que tenían que solucionar. Dejó de esperar a eso de las once, pero no fue capaz de quedarse tranquila en el piso de abajo y no hizo más que subir a su habitación por si él había aparecido en su ausencia.

—Estás a gusto ahí arriba, ¿verdad? —comentó su madre después de una de esas breves visitas.

—Es mi habitación —replicó ella—. ¿No tendría que estar a gusto?

Alex se dijo que tenía una idea bastante aproximada de por qué Naia estaba tan intranquila: estaba esperando una llamada de ese chico que le gustaba. Robert. Lo había visto en una foto. Un muchacho guapo, con el pelo oscuro y rizado, y una sonrisa reluciente, que iba a empezar Bellas Artes en septiembre. Lo que no sabía, porque Naia no se lo había dicho, era que Robert no estaba esa semana, pues se había ido a Bristol a visitar a sus abuelos. A su abuela le acababan de diagnosticar un cáncer de hígado, y quizá la pobre no vería terminar el año.

Normalmente, Naia habría echado de menos a Robert. Se habían unido mucho en las últimas semanas. Era un poco pulpo, pero así eran los chicos. Naia se pasaba horas hablando con él por teléfono con la puerta cerrada. Sin embargo, apenas había pensado en él desde que Alaric había aparecido en escena. No había en ello ninguna traición. Alaric no la atraía. Qué idea más atroz. Sería como encapricharse de un hermano que hubiese estado fuera toda su vida. Aun así, necesitaba verlo.

¿Por qué no venía? ¿Qué era tan fascinante, en aquel Withern deprimente de él, que lo mantenía lejos de ella y del mundo de conocimiento e hipótesis que ambos no habían hecho más que empezar a explorar?

5.3

Era un garaje para un solo coche con un tejado de tejas grises, igual que los tejados de la casa, aunque lo habían construido muchos años después que ésta, para el primer coche que tuvieron los Underwood de entonces en Withern Rise. Alaric escudriñó las sombras, olía a polvo y a aceite. Qué raro era ver allí el pequeño Fiat verde de Liney en lugar del viejo Daimler azul de su padre. La familia siempre había tenido ese Daimler; el abuelo de Alaric lo había comprado para celebrar el nacimiento de su niño, sin soñar jamás que el vehículo aún recorrería las carreteras cuarenta años después... conducido por ese mismo hijo.

—¿Hola?

—¡Aquí arriba!

En la oscuridad del fondo del garaje, una escalera empinada y sin barandilla subía al almacén que había bajo los aleros del tejado. Al intentar ponerse de pie allí arriba, Alaric se veía obligado a encorvarse de forma incómoda. Incluso el punto más alto de la V invertida del tejado era tan bajo que nadie con una altura media podía esperar estar erguido. Él no podía y Liney tampoco. La última vez que había subido allí con su madre, ella cabía de pie y él podía ponerse de puntillas en el medio. Jamás lo había pensado antes, pero su madre no era muy alta.

—Pensaba que ibas a salir —dijo Liney.

—He cambiado de opinión. Iré más tarde. O mañana.

Observó cómo su tía rebuscaba entre las cajas, levantaba latas de pintura para inspeccionar el color de la etiqueta, o del borde, en el retazo de luz gris que dejaba pasar el tragaluz. Allí arriba había muchas otras cosas además de pintura: muebles antiguos, esteras de coco enrolladas, algunos recortes de moqueta con olor a humedad, varios cacharros que deberían haber tirado hacía años. En la penumbra, Alaric localizó el triciclo oxidado con el que se había lanzado a la carrera por el jardín hasta cumplir los cuatro años, cajas de juegos y puzles, su vieja pelota naranja. También había un buen montón de marcos de cuadros. Su madre había coleccionado marcos, lo mismo que otras personas coleccionan sellos, cajitas de rapé o dedales. Cuando encontraba uno que le gustaba y estaba en buenas condiciones, lo compraba si su precio era razonable. Sólo algunos de esos marcos habían sido asignados a un cuadro y habían llegado a colgar en la casa, pero Alaric recordaba que ella decía que algún día encontraría un cuadro y un lugar para cada uno de ellos. No había sido así, claro. No le había dado tiempo.

—¿Qué habitación podríamos atacar primero? —preguntó Liney—. ¿Qué habitación, qué color?

—Me da lo mismo.

—Vamos, Alaric, aportación, aportación. Hace demasiado frío para pasarnos todo el día agachados aquí arriba. —Su sobrino miró las latas, pero seguía siendo incapaz de decantar su interés hacia alguna de ellas o una habitación—. Muy bien, elegiré yo —dijo Liney con exasperación—. Ésta, y pintaremos la cocina porque es donde hará menos frío mientras la calefacción siga estropeada.

El color que había escogido para la cocina era una emulsión ligeramente amarilla que se llamaba «Bruma Matutina».

—Qué pesada puedes llegar a ser... —soltó Alaric.

—Aún puedes escoger tú. Es tu casa.

—Ésa servirá. Total, se trata de la cocina.

La gran alacena contigua a la cocina había acabado por servir de trascocina. Ese cuartucho frío, que nunca había tenido calefacción, contenía una lavadora, una secadora, un congelador inmenso que rezongaba y trepidaba, y un fregadero esmaltado de considerables dimensiones en el que Liney colocó varios pinceles endurecidos en botes con aguarrás. Le pidió a Alaric que extendiera papeles de periódico por el suelo de la cocina para no mancharlo de pintura.

—Seguramente lo mejoraríamos —dijo él.

—A lo mejor, pero queremos pintar las paredes, no el suelo.

—¿De dónde saco periódicos?

—Busca en la entrada.

Alaric trajo un par de bolsas de plástico de la entrada y se puso a sacar periódicos y a extenderlos en el suelo. Tardó más de lo que habría tardado en otro tiempo, porque su padre, desde la muerte de su madre, se había pasado a las revistas sensacionalistas.

—Asqueroso —dijo Liney de pronto. Alaric levantó la vista desde el número de *Bellezas Pechugonas* del suelo. Liney se estaba mirando el dedo pringoso que había pasado por la pared—. Habrá que limpiar primero.

—¿Los dedos?

—Las paredes.

—Oh, tardaremos siglos.

—No, qué va. Soy un rayo en cuanto me pongo.

Llenó un cubo de plástico con agua caliente y detergente y se puso a limpiar las paredes con una de las dos enormes esponjas amarillas para el coche que había encontrado bajo el fregadero. Le dijo a Alaric que cogiera la otra esponja y siguiera su ejemplo. Él guardó un silencio malhumorado, pero se puso manos a la obra.

Liney demostró ser todo un relámpago y terminó tres paredes antes de que él hubiese completado una.

—Ya está mucho más luminoso —dijo, admirando su obra.

—No tenemos por qué pintar ahora mismo, ¿verdad? —comentó Alaric con esperanza.

—Claro que sí, no te vas a librar tan fácilmente.

Alaric frunció el ceño.
—No sabía que estaba obligado a ayudar.
—No lo estás —contestó Liney—. No tienes ninguna obligación. Yo, no obstante, haré lo más que pueda en el tiempo que tenemos para mejorar tu hogar. Y cuando haya hecho todo eso regresaré a mi solitario piso de solterona de Sheringham sabiendo que mis denuedos no han sido muy apreciados por los gandules de esta casa.
—Lo decía en broma —repuso él, sin convicción.
Su tía le dirigió una sonrisa forzada.
—Yo también. Ahora vamos a por ello, ¿te parece?

5.4

Cuando dieron las doce y el señor Dukas, el técnico en calefacciones, seguía sin llegar, Liney lo llamó por teléfono. Contestó su mujer y la informó de que Jim había salido a hacer un trabajo.
—Pues aquí no está —dijo Liney, y preguntó si Jim tenía intención de visitar Withern Rise como habían convenido.
—Espere un momento, lo miraré en el cuaderno. —Liney la oyó pasar páginas, y después—: Aquí no sale nada.
—¿Qué quiere decir que no sale nada?
—No hay ninguna cita apuntada a Withern Rise.
—Pero si quedé con él ayer... Iba a venir a hacer un presupuesto para la reparación de la calefacción central.
—Ah, ayer —dijo la señora Dukas—. Ayer yo estaba visitando a mi madre en la residencia.
—¿Y eso es... relevante?
—¿Perdón?

—Quiero decir que si tiene que estar usted ahí cuando su marido acepta un encargo.

—Es preferible. Verá, Jim nunca apunta las cosas. Confía en su memoria.

—Pues no debería —repuso Liney.

—Tiene usted razón, yo se lo digo siempre. Tiene la memoria como un colador.

La amable señora Dukas prometió llamar a su marido al móvil de inmediato y pedirle que pasara por Withern Rise antes de volver a casa. Liney esperó hasta las seis y media antes de llamar otra vez. Esta vez contestó el hombre. Sí, confesó que había olvidado la primera cita y que su esposa se había olvidado de decirle que pasara por la tarde. Liney le preguntó cuándo creía que iba a encontrar tiempo para pasarse por allí. El hombre le prometió de nuevo que estaría allí a primera hora de la mañana, a las ocho y media en punto.

—¿Querría apuntarlo en el cuaderno para asegurarse? —pidió Liney.

—Le diré a mi mujer que lo haga —respondió él.

Día cuatro

4.1

El señor Dukas casi cumplió su palabra. No llegó a las ocho y media a la mañana siguiente, pero se presentó a la una y cinco en punto. Alaric y Liney estaban disfrutando de una comida compuesta por pan y queso.

—Nos lo hemos ganado —dijo Liney, mirando a su alrededor, a la cocina recién pintada.

—Pues sí —convino Alaric—. El pan duro y el queso rancio parecen una buena recompensa.

Cuando sonó el timbre, Liney empujó la silla hacia atrás y salió corriendo al recibidor. Abrió la puerta con tal brusquedad que el hombre que esperaba a la entrada casi sufrió un infarto, allí de pie entre todas aquellas cajas. Era un hombre grandullón de unos cuarenta y tantos años, con una cabeza estrecha coronada por una mata de cabello pelirrojo apelmazado. Llevaba un mono azul marino, demasiado corto en las perneras y las mangas, y acarreaba una gran caja metálica de color verde que parecía haber sido metódicamente machacada con una puntera metálica al menos tres veces a la semana durante dos décadas. Cuando el señor Dukas al fin cruzó el umbral, sintió un escalofrío.

—Qué frío hace aquí dentro.

—Sí —dijo Liney—. La verdad es que deberíamos llamar a un técnico en calefacciones.

El hombre pidió ver la caldera. Liney lo condujo a la cocina, donde Alaric estaba comiendo. Su tía anunció al operario como al heredero de una corona europea.

—¡El señor Dukas acaba de llegar!

Y le indicó el camino hacia la trascocina, donde el hombre retiró el panel frontal de la caldera y se hincó de rodillas ante ella.

—Una caldera vieja —comentó, dando unos golpecitos aquí y allá con una llave inglesa.

—No hay por qué meterse en el terreno personal —soltó Liney.

No tardó mucho en descubrir el problema. Había una válvula rota. Liney le preguntó si podía cambiarla. El señor Dukas dijo que lo dudaba, puesto que ya no las fabricaban.

—Bueno, ¿y qué se supone que debemos hacer?

—Poner una caldera nueva, ése es mi consejo.

—¿No será caro? —preguntó Liney.

—No será barato.

—¿Está seguro de que no puede conseguir una válvula nueva para reponer la antigua?

—Puede que quede alguna perdida por ahí —opinó el señor Dukas—. Aunque es una posibilidad remota.

—¿Podría usted averiguarlo?

El hombre desenganchó el móvil de su cinturón, marcó un número, se acercó el teléfono a la oreja y esperó. Después se interesó por la salud de quien había contestado, recitó el número de serie de la válvula y esperó mientras la otra persona corría a comprobar sus existencias y sus proveedores. Cuando la llamada hubo concluido, el señor Dukas se volvió hacia Liney.

—Pues no. Verá, está obsoleta.

—O sea que... ¿no hay nada que hacer?

—Más o menos.

—¿Está completamente seguro de que no hay forma de conseguir esa válvula?

—Eso es lo que me ha dicho Mario.

—¿Mario? ¿Se lo ha preguntado a un camarero o algo así? —El señor Dukas pareció desconcertado—. Lo siento —siguió Liney—. Ese Mario debe de ser un experto en válvulas, ¿verdad? Vamos que ¿es el hombre al que hay que acudir cuando se tienen problemas de válvulas?

—Si Mario no puede conseguirla, no existe.

—Comprendo. Pero me preguntaba si habría otros que a lo mejor pudieran tener una lata de galletas llena de trastos como válvulas obsoletas.

—¿Una lata de galletas?

—O algo por el estilo. Nunca se sabe.

El señor Dukas caviló.

—Bueno, está el viejo Blathering...

—¿Blathering?

—Reg Blathering. Antes tenía una ferretería en Stone. Al viejo Reg le podías comprar un clavo suelto.

—¿Cree que un clavo suelto nos resolvería la papeleta?

—Me refiero a que solía guardar toda clase de cosas sueltas por las que nadie más se preocupaba. Si no podías conseguir lo que querías en las ferreterías grandes, ibas a la tienda de Reg Blathering y nueve de cada diez veces él tenía lo que buscabas.

—Dice que antes tenía una tienda. ¿Antes?

El señor Dukas asintió.

—Hará ya unos diez años. Luego se retiró. Pero aún guarda casi todo lo que le quedó sin vender. Tiene el garaje lleno de cosas. He encontrado bastantes partes y piezas allí en estos años.

—¿Y cree que a lo mejor puede tener una de estas válvulas obsoletas que necesitamos?

—Es muy poco probable, pero podría dejarme caer por allí y preguntar.

—¿No puede llamar por teléfono? Utilice el nuestro si quiere.

El señor Dukas sacudió la cabeza.

—No tiene teléfono. Recuerdo que dijo que lo había quitado porque el maldito cacharro no dejaba de sonar. Iré a verlo en persona.

Cuando se hubo marchado, Liney soltó un suspiro.

—Bueno, pues ya no volveremos a saber más de él.

4.2

A Naia el día anterior le había parecido interminable. Pero el día de hoy, del que apenas había pasado una tercera parte, también estaba resultando una lata. ¿Dónde estaba Alaric? ¿Por qué no iba a verla? ¿Cuánto tiempo se suponía que debía esperarlo? Tres amigas la habían llamado para ir a dar una vuelta por la nieve y ella les había dado excusas. La de que le había venido la regla y se encontraba mal era la que mejor comprendían. Su madre, que la oyó al pasar en una ocasión, murmuró:

—Yo no digo nada.

A eso de la una Naia estaba pensando seriamente en

mandar a freír espárragos a Alaric Underwood y salir de todas formas. Cuando Alex le preguntó si le apetecía dar una vuelta, aceptó, esperando que no la vieran las amigas cuya compañía había rechazado.

4.3

Alaric se despidió, se abrigó, fingió salir por la puerta de delante y se escabulló hacia su habitación. Allí, moviéndose con más sigilo que la mayoría de los ratones, se encorvó sobre el Capricho con las manos alrededor de la cúpula. Después del fracaso del día anterior no estaba muy seguro del éxito, pero tenía que intentarlo. Un segundo fracaso significaría tener que decirle otra vez a Liney que había cambiado de opinión sobre lo de salir y, otra vez, sentirse obligado a ayudarla con el maldito bricolaje. Concentró toda la energía emocional que pudo reunir con la esperanza de que fuera suficiente, pero cinco minutos después aún seguía allí. Se quedó abatido y sólo entonces notó que el reflejo de la cúpula no era como debería ser. Miró a la ventana. Había dejado de nevar.

Se sentó en el brazo de la butaca. Si la nevada era uno de los factores que activaban el Capricho y ya había caído toda la nieve que tenía que caer, a lo mejor no habría más visitas hasta el invierno siguiente. ¿Y si entonces tampoco nevaba? Quién sabía cuándo podría volver a la otra realidad, o volver a ver a Naia, o...

O a la madre de Naia. En realidad era de eso de lo que se trataba. De ella, de la otra Alex Underwood. Todo el día anterior y toda esa mañana, mientras trabajaba con Liney, la había tenido presente en sus pensamientos. La mujer por la que había llorado y a la que había añorado con tanta desesperanza seguía viva, en otro lugar. Había oído su voz y, si hubiese salido al descansillo de Naia y hubiese mirado abajo, la habría visto al pie de la escalera. Qué cerca... Alargó un dedo y lo deslizó con suavidad por el cristal del Capricho deseando poder mirar a los ojos a la otra Alex, ver esa rápida sonrisa suya, cogerla de la mano...

El cosquilleo duró tan poco que no le dio tiempo a prepararse para el dolor que le subió como un rayo por el brazo, explotó en su interior y lo lanzó dando vueltas al suelo. A lo mejor porque la ruta ya estaba establecida, la habitación se desvaneció deprisa y enseguida se encontró tirado en la nieve, bajo el árbol, y la agonía disminuyó.

—¿De dónde has salido?

Naia corría por el jardín hacia él. Corría igual que Liney, la tía que no tenía, con los brazos y las piernas desparramados.

Alaric se incorporó.

—Haz una suposición alocada.

—¡Pero si ha dejado de nevar!

—Bueno, eso nos deja con un factor menos. —«Tienes suerte, porque fue el único que se me ocurrió a mí», pensó.

Naia se acercó.

—O sea que no estamos limitados por la estación ni por el clima. Podemos seguir viéndonos durante todo el año.

—Hurra —dijo él sin ningún entusiasmo.

La chica se detuvo ante él, mirando hacia abajo.

—¿Dónde te habías metido? Creía que volverías antes.

A Alaric le dolía el pecho y sentía como si todo en su interior se estuviese agitando. Sólo quería quedarse un rato sentado hasta que se le pasara aquello, pero se dispuso a levantarse porque Naia estaba allí, esperando.

—He estado ocupado.

Ella le tendió una mano. A él le habría gustado apartarla, pero Naia era muy rápida y lo agarró del brazo enseguida, momento en el que una intensa conmoción los recorrió a ambos, a él y también a ella. Cayeron de espaldas, como si les hubieran dado una patada.

—¿Qué ha sido eso?

—Ha sido como una corriente eléctrica.

—Sí. Me siento como si tuviera todos los pelos de punta.

Alaric se puso en pie con dificultad. Le tendió una mano. Ella dio un salto hacia atrás.

—¿Qué haces?

—Tenemos que ver si pasa otra vez.

—¡Ni muerta!

—Tenemos que hacerlo. Nunca había pasado. ¿Por qué esta vez sí?

Dio un paso al frente y la agarró del brazo antes de que ella pudiera alejarse. En el instante del contacto, la corriente los atravesó a ambos sacudiendo todo su cuerpo. También esta vez se habrían separado de golpe, pero Alaric la sostenía con fuerza.

—¡Suelta! —gritó Naia—. ¡Suelta, me está matando!

No la soltaba. Aun siendo muy angustioso, para él tanto como para ella, necesitaba ver si iba a suceder algo más. Y algo sucedió. Mientras la descarga los seguía recorriendo, su mano atravesó el tejido del abrigo de Naia hasta el brazo. Incluso sintiendo ese tormento, miraron horrorizados cómo la mano de Alaric encontraba un punto de resistencia. Para él fue como estar apretando un tubo de gomaespuma, mientras que Naia sentía que la mano de él se cerraba sobre su hueso. Apartó el brazo de golpe. La corriente cesó.

—¡Ha sido espantoso! —exclamó—. ¡Asqueroso! ¿Qué ha sido eso?

—No lo sé, pero tiene que haber un motivo. ¿Qué estamos haciendo esta vez que sea diferente?

—La única diferencia que se me ocurre es que las otras veces estábamos en la casa.

—No puede ser eso —repuso él—. Es demasiado simple.

—¿Quién dice que tenga que ser complicado? ¿Has estado ya en la casa? Quiero decir esta vez, hoy.

—No he tenido ocasión. Has corrido hacia mí en cuanto he llegado.

—Pues entonces es eso. Todavía no estás aquí del todo.

—¿Qué?

Naia respiró entrecortadamente, tiritando todavía a causa de la impresión, igual que él.

—Tu Capricho te envía a mi realidad, el mío me envía a la tuya, y tenemos que hacer una parada en el jardín, el tuyo o el mío, dependiendo de quién es el que hace el viaje. Dios mío, creo que ya se me está pasando el dolor. Los jardines son como plataformas de cambio. No estarás del todo integrado en mi realidad hasta que no te reciba mi Capricho. Tienes que completar el viaje.

—¿Y las descargas?

—Yo diría que no podemos coexistir en los puntos medios. Es la forma que tiene la Naturaleza de expresarlo. Seguramente el dolor que sentimos al partir es otra señal de que estamos desafiando un par de leyes de la física. Me refiero a que, si fuese normal o fácil, todo el mundo lo haría, ¿no? Nos iríamos de vacaciones a playas alternativas porque estarían más limpias que las nuestras, porque habría menos nudistas o lo que sea.

—O más —dijo Alaric. Miró a la casa—. ¿Dónde está tu madre?

—No te preocupes, ha ido a dar un paseo. Yo también iba con ella, pero he dado media vuelta, he pensado que era mejor estar por aquí en caso de que... ¿Adónde vas?

Alaric había echado a andar hacia la casa.

—¿Adónde crees tú que voy?

Naia corrió tras él, las botas se le hundían en la nieve.

—Espera. Para. No puedes entrar así.

—¿Por qué, está cerrado?

—Sí. Ya te lo he dicho, iba a salir. Te he visto antes de tener ocasión de abrir. Pero ése no es el...

Alaric se detuvo. Tendió una mano cuando ella lo alcanzó.

—La llave.

—¿Qué eres? —saltó ella—. ¿Masoquista?

Él bajó la mano y propuso:

—Pues déjala en el suelo.

Naia no dejó la llave en el suelo, sino que dijo:

—No puedes entrar por la puerta. No funciona así. Tú tendrías que saberlo mejor que nadie.

Tenía razón, claro. ¿No tenía razón siempre? Molesto, Alaric le dio la espalda, miró fijamente a la casa y se imaginó dentro. No hizo falta nada más. Eso era lo que había hecho siempre, se le había olvidado. Cabeza de chorlito.

Naia vio cómo desaparecía. Enseguida no quedó más señal de la presencia de Alaric que sus huellas —muy poco profundas en comparación con las de ella—, que no seguían más allá de ese punto. «Está dentro —pensó—. En mi habitación. Mojándome la moqueta.»

4.4

Era la primera vez que estaba solo en casa de Naia y quería aprovechar lo más posible esa oportunidad. Sin embargo, tenía que moverse ya. Si esperaba mucho, seguramente ella iría a buscarlo; o peor aún, su madre podía volver y encontrarlo husmeando. Por mucho que quisiera ver a la Alex Underwood de esa realidad, no quería aparecer como un presunto intruso. Se quitó las botas llenas de nieve en la habitación de Naia y corrió con ellas en la mano por el descansillo, echando un vistazo por todas las habitaciones. Las más notables eran el cuarto de baño —con un llamativo juego de tocador, *jacuzzi* y ducha masaje— y el dormitorio principal. El dormitorio se parecía mucho a como había sido en su casa cuando su madre estaba viva, pero aún más luminoso y alegre de lo que él recordaba. Era difícil imaginarse esa habitación llena de ceniceros repletos y zapatos tirados por ahí, los almohadones y la colcha cualquier cosa menos inmaculados, chismes en el tocador de mármol. Cuando abrió la parte derecha del armario lo encontró lleno de ropa, la ropa de Alex Underwood, tal como había estado una vez esa mitad del armario de sus padres.

Se dispuso a bajar la ancha escalera. Igual que las habitaciones y el descansillo, la escalera tenía moqueta nueva. Se detuvo a medio camino, en la plataforma que dividía el tramo superior del inferior. Se quedó ahí de pie, absorbiéndolo todo. A su alrededor, por arriba y por abajo, la casa relucía de luz, vida y calor. Había olvidado que podía ser así.

Al llegar al recibidor inferior giró a la izquierda y entró en la sala alargada. En su casa solía encantarle esa sala, con su cristalera que se abría a la gran explanada del jardín sur, pero había acabado por convertirse simplemente en un lugar en el que amodorrarse y mirar la tele. La chimenea nunca estaba encendida; allí sí lo estaba. Igual que el resto de la casa, esa sala había sido decorada hacía poco y había una serie de muebles nuevos. Al otro extremo, donde los troncos chisporroteaban tras una antigua pantalla, descubrió un gran televisor, un nuevo sofá y unos sillones bastante grandes.

Estaba a punto de salir de la sala cuando vio la guitarra. Una guitarra española de calidad media, recostada contra la pared como si acabaran de dejarla allí hacía un momento. Hacía mucho que la guitarra de la madre de Alaric, idéntica a ésa, estaba confinada en el desván con esas otras cosas de ella que no habían vendido, regalado ni destruido. Recorriendo las cuerdas con los dedos, Alaric la imaginó tocando tranquilamente para sí misma, como hacía tantas veces cuando creía que nadie la veía ni la oía. Bueno, no es que tocara muy bien. La guitarra era una de las pocas cosas que Alex había intentado dominar pero había fracasado en el intento. Tal vez si hubiese ido a clase habría hecho mayores progresos, pero le gustaba ser autodidacta en todo. Había logrado encontrar los acordes principales y unos cuantos de los más complejos, pero se le escapaba toda clase de técnica. Alaric recordó cómo él se le había reído a la cara de sus esfuerzos. Sin embargo, le había gustado oírla tañer las cuerdas en algún rincón de la casa intentando desesperadamente sonar bien. A veces también cantaba, con una voz trémula e insegura, para acompañar sus rasgueos elementales y sus torpes punteos. Era tan mala cantante como música, pero para Alaric todo eso formaba parte de ella. Todo eso había sido su madre.

Cruzó el recibidor hacia la cocina, donde descubrió que habían cambiado las cortinas de mala calidad por unos elegantes estores, la vieja cocina grasienta se había convertido en una cocina de gas de varios quemadores y había también un enorme fregadero nuevo de grifos relucientes y dos recipientes, con armarios a medida debajo. Habían arrancado el linóleo de vinilo del suelo antiguo, para dejar al descubierto el entarimado, que habían lijado y barnizado. Incluso las cazuelas y las sartenes que él había visto negras y quemadas la última vez estaban allí relucientes o eran nuevas. Resplandecientes jarras, botes y utensilios de cobre colgaban de ganchos del techo. Había estantes con libros de cocina, un caro electrodoméstico para hacer pan, un microondas nuevo y, en las paredes, montones de cuadritos de cocina, menús y blocs de notas. Todo estaba tan limpio, ordenado y usado como es debido... El trabajo de Liney y de Alaric, en comparación, parecía una tontería. La única observación remotamente agradable que pudo hacer el chico fue que las paredes parecían ser del mismo color que habían escogido su tía y él para la cocina.

Withern Rise era el único hogar que Alaric había conocido jamás, así que no le parecía excepcional. Sin embargo, con sus altas chimeneas, su enorme jardín y la orilla del río, era la clase de propiedad que suele ocupar una familia adinerada. Los Underwood de esa generación y de la anterior no eran ricos ni mucho menos. Si los padres de Alaric se hubiesen visto cargados con una hipoteca, habrían ido muy justos de dinero. Siempre habían trabajado, pero su madre había percibido un sueldo muy modesto y los negocios de su padre raras veces habían hecho más que ir tirando. Nunca habían ahorrado lo suficiente para darse esos lujos ostentosos que los propietarios de esa clase de casas parecen permitirse de forma natural. Alaric imaginaba que la situación económica de la familia de Naia era más o menos como la suya. Sin embargo, cuántas cosas nuevas, cuánto trabajo se había llevado a cabo... ¿De dónde habían sacado el dinero?

Al volver al recibidor, se quedó de pie de espaldas a la puerta de delante, mirando hacia el largo espacio luminoso, con sus maderas pulidas, unas mesitas auxiliares también barnizadas, una de las cuales sostenía un jarrón con lirios. Su corazón se llenó de una tristeza espantosa. Así habría sido Withern Rise si su madre hubiese vivido. La casa a la que habría vuelto después de clase, en la que se habría despertado, a la que habría invitado a sus amigos. La casa que él habría tomado por un hogar normal si su vida y la de Naia hubiesen estado intercambiadas.

4.5

Naia no esperaba que su madre volviese aún, pero pensó que sería mejor hacer guardia fuera por si acaso. Había salido al jardín, había dejado a Alaric solo en la casa durante lo que creía una barbaridad de tiempo y ya estaba a punto de entrar y llamarlo a gritos cuando la puerta se abrió y él apareció con el ceño fruncido, como el propietario molesto que se dispone a echar a patadas al último vendedor ambulante de paños para el polvo.

—¿Por qué has tardado tanto?

Alaric se sentó para calzarse las botas.

—No sabía que tuviera un límite de tiempo.

Naia le tocó el hombro.

—No hay descarga, ¿ves? No pasa nada. Lo cual lo confirma. Sólo podemos coexistir en la misma realidad cuando hemos llegado hasta el Capricho del otro.

Alaric se puso de pie, pasó junto a ella y se alejó de la casa.

—¿No pensarás salir? —preguntó ella, disponiéndose a cerrar la puerta.

—¿A ti qué te importa?

—No puedes.

Él se volvió de golpe...

—¿Por qué no? ¿Porque éste no es mi sitio?

... Y salió escopeteado hacia la verja.

Normalmente habría seguido los senderos que recorrían la parte norte del jardín, pero al estar ocultos por la nieve caminó a campo traviesa. Naia avanzó tras él por otra ruta, recorriendo lo que creía ser el trazado de los senderos, y siguiendo también las huellas de su madre entre el huerto y el muro que separaba Withern del viejo cementerio.

Alaric casi había llegado a la verja cuando oyó el leve sonido de un cascabel. Un pequeño gato blanco había bajado de un salto del muro y avanzaba en dirección a él, alzando por turnos cada pata fuera de la nieve.

—Tuyo, supongo —le dijo a Naia, que estaba a su espalda.

Naia no había oído el cascabel ni había visto al gato, puesto que su blancura se confundía con la de la nieve.

—¿Mío? ¿El qué? —Pero entonces se fijó en el animal—. Ah, no. Debe de ser de algún vecino.

El gato alcanzó a Alaric cuando estaba a punto de abrir

la verja y se enroscó alrededor de sus tobillos. El chico se agachó para deshacerse de él. La pequeña criatura alzó la cabeza con la esperanza de que le hicieran cosquillas bajo el mentón. El cascabel que llevaba al cuello sonó con alegría. Mientras suministraba el cosquilleo requerido, Alaric leyó el nombre del gato en el collar: *Alaric*.

—¡Vaya, muy gracioso! —exclamó, apartando al animal, que chilló y se escabulló rozando apenas la superficie de la nieve mientras su homónimo humano abría la verja, la atravesaba y la cerraba de golpe tras de sí.

Naia no tenía ni idea de a qué se refería el comentario de Alaric ni de por qué se había molestado tanto, pero cuando el chico le cerró la verja en las narices no tuvo ningún inconveniente en dejarla cerrada. Podía prescindir de él si estaba de mal humor.

En la calle, al otro lado de la verja, Alaric sólo podía ir en dos direcciones. Si torcía hacia la derecha, pasaría por delante de su antiguo colegio de primaria y llegaría a la calle mayor. En su pueblo había cuatro tiendas: un quiosco de prensa y golosinas, un establecimiento de reparación de bicicletas, un pequeño supermercado y una tienda de materiales artísticos. También había dos bares y un local de comida china para llevar. Aunque tenía curiosidad por ver si allí todo era exactamente igual, temía tropezarse con personas conocidas, que pudieran saber de la existencia de la hija de los Underwood, pero que no sabrían nada de un hijo. Torció hacia la izquierda.

El muro del jardín, de dos metros de alto, se extendía hasta el río. Unos meses antes, una parte de él —tanto de ése como del de Alaric— se había derrumbado, o la habían echado abajo, y permitía que los paseantes vieran el jardín. El muro de Naia, al contrario que el de él, estaba reparado.

Mientras Alaric caminaba, se sorprendió al encontrar tanta tranquilidad. La nieve lo recubría todo, amortiguaba todos los sonidos. Todo parecía irreal, por estrenar, deshabitado. Era como si el mundo cotidiano hubiese quedado fuera de su alcance. En cierto modo, así era. Una ligera nevada empezaba a caer una vez más cuando llegó al río, donde el último pilón del muro estaba afianzado con hormigón a la orilla. Allí de pie, perdido en el silencio, su enfado se disipó. El río siempre lo tranquilizaba. Ahora era una amplia sábana blanca que se extendía sin una sola arruga hasta la orilla opuesta, con su salvaje vegetación de árboles y arbustos invernales, malas hierbas, juncos helados, aneas. Puesto que la nieve ocultaba gran parte del paisaje, no se apreciaba ninguna diferencia entre esa vista y la de la realidad de Alaric. Las únicas diferencias que conocía eran las personales. Allí de pie, decidió que debía afrontar la más profunda de esas diferencias. De inmediato.

Se volvió de espaldas al río y desanduvo el camino por el que había llegado hasta allí. Apenas estaba cruzando la verja cuando una figura de abrigo oscuro, a unos quince metros, descendió los peldaños del cementerio y avanzó hacia él. Era un anciano, flaco y de aspecto bastante frágil, que caminaba de una forma extraña, como un niño que intentara interpretar el papel de alguien de edad avanzada. Alaric lo recordó enseguida: el paseante que había estado mirando la casa desde el otro lado del río el día que había empezado todo. Sin embargo, aquello había sido en su realidad, no en la de Naia. Esa versión del hombre a lo mejor nunca había estado en la orilla contraria ni le había dedicado un momento de atención ni de reflexión a Withern Rise.

Alaric se puso la capucha y escondió su rostro en ella

como una tortuga en su caparazón. Se acercaron uno al otro, dos pares de pies que dejaban un rastro en silencio. Estaban a punto de cruzarse cuando el hombre carraspeó y obligó así a Alaric a mirar en su dirección a pesar de su intención de evitar todo contacto visual. El hombre lo estaba observando. Lo observaba con unos ojos sorprendentemente abiertos y poco expertos para alguien de su edad, como si hubiesen visto mucho menos de la vida de lo que sin duda habrían presenciado. Esa mirada tenía algo que inquietó a Alaric. Su inquietud no se vio aliviada por las palabras que oyó al pasar junto al hombre.

—Soy el único que queda —pronunció una voz curiosamente clara y joven, más empañada por el pesar que por la edad.

Cuando llegó a los escalones del cementerio, Alaric miró atrás para asegurarse de que no lo perseguía el leñador loco de Eynesford. Por lo visto, aquel tipo se había olvidado de él. Estaba de puntillas, intentando ver el jardín de Withern al otro lado del muro.

4.6

Naia no volvió a la casa. Estaba harta de estar encerrada. Ni siquiera tenía a nadie con quien hablar allí dentro. Sin embargo, tampoco podía salir del jardín. Tendría que cerrar con llave y, si cerraba con llave la puerta, Alaric no podría volver a entrar, lo cual querría decir que no podría llegar a la habitación donde estaba el Capricho y regresar a su casa.

Ante ella se extendía el jardín sur. Las fotografías viejas mostraban que allí hubo una vez enormes arriates de flores, un manzano y un peral. En una foto de principios de los años cuarenta, de cuando el abuelo Rayner era pequeño, una hamaca de cuerdas colgaba entre los dos árboles. Ambos frutales, junto con los arriates de flores, habían sido arrancados por la familia que no era Underwood y que había vivido allí desde 1947 hasta 1963. El árbol Genealógico había sobrevivido sólo porque no estaba en medio de la pista de tenis que querían construir. Por suerte habían elegido una pista de hierba, pero hacía décadas que nadie jugaba al tenis, así que esa parte del jardín había acabado siendo sólo un césped vacío con un enorme árbol solitario. La suave blancura de la nieve que llegaba hasta el tronco del viejo roble sólo se veía interrumpida por las huellas que Alaric y ella habían dejado después de la llegada de él, y por el bulto alargado de una rama que se había partido hacía unas semanas. Naia se sentó en la rama, embutió las manos en los bolsillos y, a falta de una ocupación más estimulante, intentó encontrarle alguna justificación al mal talante de Alaric.

El chico había pasado una época muy mala. Se había quedado sin madre de la forma más terrible que se pueda imaginar, luego dos años de desesperanza y cada vez menor fortuna. A Naia no le costó imaginar que también habría perdido a algunos amigos. ¿Quién quiere tanta tristeza por compañía? Y seguramente también se habían resentido las notas del instituto. Parecía inevitable que hubiese recibido malas calificaciones sobre su trabajo y su actitud. Se censuró a sí misma. Qué frívolo por su parte esperar encontrar en él a un compañero de trato fácil. Alaric lo había perdido todo y había visto con sus propios ojos que ella no había perdido nada. Todo lo contrario. Ah. Claro. Por eso estaba de tan mal humor cuando había salido de la casa. El hogar de Naia era un palacio en comparación con el de él. Las diferencias debían de haberle dolido. Mejor no haberle explicado lo del premio de la lotería. No solían comprar números muy a menudo, con la poca probabilidad que había de ganar, pero hacía un año, impulsivamente, su madre había comprado uno en el estanco... y les había tocado. No era uno de esos premios de bote multimillonario, pero había bastado para comprar muebles nuevos, moquetas, cortinas, un cuarto de baño y una cocina decentes y el Saab (de tres años, pero un bebé comparado con el anciano Daimler). También habían llamado por primera vez a unos decoradores profesionales para reformar gran parte de la casa. En casa de Alaric no se habían hecho muchas mejoras ni ampliaciones. No habían ganado la lotería. No tenían a ninguna Alex que hubiese comprado el número.

4.7

Alaric subió los cinco escalones desde el sendero y se detuvo en el superior. Ante él se extendía el pequeño cementerio, con sus tejos, acebos y losas cubiertas de nieve. Sabía adónde tenía que ir, pero al encontrarse allí descubrió que necesitaba prepararse para el momento de la verdad innegable; así que evitó dirigir la vista a aquel lugar y miró a cualquier sitio menos allí. A medio camino del sendero que recorría el cementerio de un extremo al otro, se encontró con un cartel sostenido por un poste de madera. En su cementerio no había visto nada parecido, pero hacía un par de meses que no iba por allí y el cartel parecía bastante reciente. Tenía unos dibujos, hechos por encargo, de pajarillos, mariposas, ranas y flores silvestres. En lo alto del letrero se leían las palabras:

VIEJO CEMENTERIO DE EYNESFORD

Debajo se informaba de que era una zona protegida en la que ya no se permitían más entierros. Y...

> El viejo cementerio de Eynesford recibe unos cuidados respetuosos con el medio ambiente que benefician a la fauna y la flora. La hierba sólo se corta a principios y a finales de verano para favorecer el crecimiento de una serie de plantas. Durante los próximos años, a medida que el tratamiento que se le dispensa surta efecto, los visitantes podrán ver una creciente variedad y cantidad de hierbas y flores silvestres. Estas plantas proporcionarán una importante fuente de alimento para aves e insectos.

Alaric dejó el sendero y deambuló entre las lápidas y los monumentos. Algunos habían sido destrozados por el vandalismo, los mismos que estaban destrozados en su cementerio, estaba seguro..., sin duda por obra de versiones alternativas de los mismos vándalos. Nacidos dos veces, con dos oportunidades para vivir, y en ambas realidades habían escogido pintarrajear y destrozar porque sí. Gran parte de las tumbas estaban muy juntas, pero había otras muy separadas entre sí. Aún quedaba mucho espacio para nuevas sepulturas sin que el lugar quedase atestado. No obstante, Alaric se alegró de que no fuesen a enterrar a nadie más allí. Su madre siempre decía que le gustaba que hubiese sitio para...

¡Qué tonto! No estaba enterrada allí. Allí no estaba muerta. Se dirigió hacia el muro que separaba el cementerio de la casa. Otras huellas lo precedían, pero no les prestó atención. El muro, desgastado por los años y las inclemencias del tiempo, aguantaba un espeso manto de hiedra, que aún quedaba más alto por los tres días de nevadas. Alaric llegó a un punto desde el cual divisó, al otro lado del muro, un tejado de dos aguas cuya chimenea despedía un humo que se dispersaba entre la nieve danzarina. Qué sencillo era imaginar que aquélla era su casa y que hacía dos febreros, en un día muy parecido a ése, un pequeño grupo de entristecidos familiares se había reunido en un equivalente exacto de ese lugar para enterrar a su madre. Aún lanzó un hondo suspiro al pensarlo. Jamás olvidaría cómo había descendido ese espantoso ataúd hacia el agujero bordeado de nieve. El funeral que se celebró con tanta rapidez tras su muerte lo había dejado tan aturdido que no se le ocurrió hasta algunas semanas después preguntarle a su padre por qué había decidido que oficiaran un servicio religioso, con todas esas patrañas eclesiásticas que su madre tanto detestaba, y encarcelarla en un terreno considerado sagrado.

«Parecía lo más correcto», había respondido Iván. «¿Y por qué aquí?» «Porque amaba este lugar. Me refiero a Withern, no al camposanto. Creo que habría querido estar todo lo cerca posible...»

Alaric permitió al fin que su mirada descendiese hasta la base del muro, donde vio, para sorpresa suya, una lápida igual que la de su madre engastada en un pequeño nicho de hiedra. ¿Qué era aquello? Si no había muerto en esa realidad, si no la habían enterrado allí, ¿por qué había una lápida igual? ¿De quién podía ser esa tumba? La hiedra caía sobre el tercio superior de la lápida, de modo que no vio las palabras grabadas hasta que se agachó y se inclinó hacia delante. Entonces vio que, a pesar del parecido, era una lápida bastante más antigua que la de su madre. Alguien había limpiado la nieve de la inscripción no hacía mucho, pero no pensó en eso al leerla:

ALDOUS UNDERWOOD
AMADO HIJO Y HERMANO
1934-1945

¿Aldous? ¿No se llamaba así el obispo cachondo del que le había hablado Naia? ¿El que había construido Withern Rise? Aquélla era la tumba de un Aldous Underwood muy posterior, pero le sorprendió la coincidencia de encontrarse con un nombre tan poco frecuente en los días que corrían. Consideró las fechas de nacimiento y fallecimiento de la lápida. Era sólo un niño cuando se fue de este mundo. «Amado hijo y hermano.» ¿Hijo de quién? ¿Hermano de quién? Debió de ser de la generación del abuelo Rayner. ¿Sabría su padre algo de él? Quizás. A menos que... —y sin duda era una posibilidad—, a menos que en su otra realidad no hubiese nacido siquiera.

Bueno, ¿qué importaba? Era historia. Lo fundamental era que ya tenía lo que había ido a buscar: la prueba absoluta de que allí no había ninguna Alex Underwood enterrada, de que la voz que había oído en casa de Naia era realmente la de ella, de que la fotografía que había visto en la cartera no era ninguna clase de...

Un crujido en la nieve detrás de él. La columna vertebral, por la que ya le corría el frío, se le heló. Aun a plena luz del día, un cementerio no es un lugar en el que guste oír pasos inesperados. Se volvió con la esperanza de que fuese Naia.

—Hola —dijo Alex Underwood.

Le sonreía desde los pies de la tumba. Alaric se escondió enseguida en las sombras de su capucha y pegó el mentón al cuello todo lo que pudo.

—No esperaba encontrar a nadie más aquí en un día como éste —prosiguió ella.

El corazón de Alaric latía con tanta fuerza que era asombroso que ella no lo oyera. No podía hablar. No podía emitir ningún sonido. Sin embargo, ella dijo algo que lo dejó tan de piedra como el hecho de encontrársela de pie detrás de él.

—Éste es mi lugar.

¿Cómo que su lugar? ¿Ella sabía eso? Pero ¿cómo? Era imposible que conociese la realidad de él, el Withern Rise de él, la versión alternativa de ella misma que...

Alex debió de darse cuenta de que al chico le habían extrañado sus palabras, porque soltó una risita y añadió:

—Siempre tomo este atajo y a menudo me retiro a este rincón, no me preguntes por qué. No sé quién es él, claro. ¿Y tú?

—¿Yo? —salió la voz desde la capucha.

—Me refiero a por qué estás aquí..., si no te importa que te lo pregunte.

—No soy ningún gamberro —repuso Alaric a la defensiva.

—No te había tomado por uno. —Avanzó hacia el otro lado de la tumba—. Pobre tipo —dijo con tristeza.

Alaric alzó un poco la cabeza, suponiendo que se refería a él. Pero Alex estaba mirando a la tumba, de modo que él tuvo ocasión de contemplarla. En la cabeza llevaba un pañuelo verde del que salía un flequillo rubio y salpicado de nieve. Tenía una pequeña arruga entre los ojos. Alaric había olvidado esa arruga. Solía aparecer en toda clase de momentos insospechados: cuando estaba estresada o eufórica, pensativa o furiosa. Su rostro estaba más ajado de lo que él recordaba, pero había pasado el tiempo y ella había padecido aquella experiencia cercana a la muerte. Cuántas veces no habría soñado Alaric con una situación como ésa, en la que ella volvía a su lado. Pero luego despertaba y se encontraba tan desconsolado y solo como siempre. Sin embargo, allí estaba ella, estaba allí, sin duda, no era un sueño, de pie junto a la tumba en la que él había visto cómo la enterraban dos años atrás. Alaric no sabía muy bien si salir corriendo aterrorizado del cementerio o saltar al otro lado de la tumba, rodearla con sus brazos y cubrirle la cara de besos. Antes de que pudiera dejarse llevar por uno de los dos impulsos, Alex volvió a hablar:

—Qué joven. No soy capaz de imaginar cómo sobrellevaría yo una pérdida así. Mató a su padre, ¿sabes?

Alaric recobró el control de sí mismo.

—¿Que mató a...?

—La muerte del niño acabó con el padre. Y habiendo perdido a su hijo y su marido, la señora Underwood vendió la casa y se marchó de aquí con sus otros hijos. Tal vez yo habría hecho lo mismo. Tal vez. ¿De veras podría dejar a un hijo mío aquí solo? No lo creo, para serte sincera.

Alzó la vista de improviso, vio el rostro de Alaric por primera vez. Y se quedó boquiabierta.

—Pero tú... Eres la viva imagen de...

Recorrió con la mirada el rostro del muchacho mientras intentaba encontrar una explicación para el parecido imposible entre ese extraño y su hija. Él no rehuyó su examen, pero entonces cayó en la cuenta de que si se quedaba allí mucho más ella acabaría comprendiéndolo todo, bien gracias a un sexto sentido innato, bien por la incapacidad de él mismo de mantener la boca cerrada.

Masculló algo así como que tenía que irse y dio media vuelta.

—No, espera.

Ella rodeó deprisa la tumba y le interceptó el paso. Estaba sólo a medio metro de él. «No me toques —pensó Alaric—. No sé qué haré si me tocas.»

—¿Vives por aquí cerca? —le preguntó ella—. No te había visto antes. Me acordaría de ti si te hubiese visto.

Puso un ligero énfasis en ese «de ti».

—He venido de visita —farfulló él, sin faltar mucho a la verdad.

—¿A quién?

—¿Qué?

—¿A quién has venido a ver? ¿En casa de quién est...? —Se detuvo—. Perdona, no es asunto mío. —Y, como quien no quiere la cosa, añadió—: ¿Hacia adónde vas?

Alaric hizo un ademán con la cabeza hacia la otra salida, la del extremo sur del cementerio.

—Yo también —repuso ella.

Avanzaron torpemente por la hierba cubierta de nieve hasta el sendero. A él le sorprendió descubrir que ahora era mucho más alto que ella; y también que cojeaba un poco. ¿Se había lastimado Alex la pierna en el accidente? Naia no se lo había mencionado. Sin embargo, aun con su paso irregular, al caminar a su lado Alaric se sentía desgarbado, inseguro, torpe.

Alex no dejaba de hablar sobre cosas intranscendentes —el tiempo, el estado de las tumbas, algo que había oído en las noticias—, como si su propia cordura dependiese de que no se detuviera a pensar ni reflexionar. Era imposible pasar por alto el temblor de su voz. Nerviosa. La había puesto nerviosa. ¡Si supiera en qué estado lo había puesto ella a él...! Alaric se sintió obligado a hacer algún que otro comentario, pero su voz sonaba áspera e inmadura a sus mismos oídos, sus palabras estaban mal formadas, mal enunciadas y mal coordinadas. Menudo zoquete. Sin embargo, apenas lograba camuflar su alegría ante ese inesperado giro de los acontecimientos y dejó que la capucha le cayera del todo hacia atrás para que ella pudiera verlo con más claridad todavía. Se había evaporado ese miedo a que ella lo comprendiera todo de pronto, a que un destello de intuición lo desenmascarase. La emoción de estar allí con ella sobrepasaba con mucho esos temores. De vez en cuando, Alaric le dirigía una mirada de reojo, esperando tropezarse con la de ella a través de la nieve, que no dejaba de caer. Una vez, al lograrlo, descubrió que el asombro de Alex volvía a aparecer.

—Es increíble. Te pareces tanto a Naia que podrías ser mi... —Se tragó la última palabra justo a tiempo.

El cementerio acababa más o menos a medio camino del muro que constituía la frontera oriental de Withern Rise. El sendero, bordeado ahora a ambos lados por un terreno sin ocupar cubierto de tierra blanqueada, continuaba hasta encontrarse con el asfalto de la carretera. Hasta hacía veintitantos años, esa carretera había sido una simple pista que bajaba hasta un popular emplazamiento junto al río para ir de pícnic con la familia, pero a mediados de los ochenta se había urbanizado una parcela de tierra comunitaria delimitada por esa pista y habían aparecido una serie de casas de estilo Tudor de imitación. Alaric y Alex casi habían llegado a la carretera cuando dos mujeres doblaron la esquina. Él las conocía a las dos de vista. Ellas a él no, claro, no allí, aunque una pestañeó sorprendida al verlo: de nuevo ese parecido. Saludaron a Alex y, cuando ella se detuvo para intercambiar unas palabras, él dijo: «Hasta luego», y apretó el paso.

Al llegar a la carretera miró atrás. Alex hablaba con las mujeres, pero Alaric supo que lo había estado observando a él, porque ella le hizo una señal con la mano. Él se despidió levantando el brazo y desapareció de su vista tras los espesos arbustos que había entre el final del sendero y la verja de cinco barrotes de la entrada de Withern. La verja estaba abierta, como siempre. La misma verja, sólo que ésa no tenía un puntal roto. Enfiló el camino. Los dispersos árboles y arbustos a su izquierda le permitían ver toda la casa. Cuando Alex se separase de las mujeres, también ella seguiría ese camino y podría verlo sin dificultad si no había entrado ya en el edificio. Alaric se apresuró, llegó al peldaño de la entrada y cruzó la puerta.

—¡Eh! —gritó, cerrando la puerta al entrar.

Se produjo un movimiento en la sala alargada, a su izquierda, y sonó otro: «¡Eh!», seguido por la cabeza de Naia tras la puerta.

—¡El Capricho! ¡Viene tu madre!

—¡Oh, no!

Naia salió corriendo, lo agarró de la manga y tiró de él por todo el recibidor.

—¡Mis botas!

Naia se detuvo.

—¡Sacúdete esa nieve! —ordenó. Alaric pateó el suelo—. ¡Pero en la alfombrilla! —gruñó ella.

Él retrocedió dejando un rastro muy evidente y se sacudió los pies en la alfombrilla de la puerta. Naia lo estaba esperando cuando llegó al pie de la escalera. Subieron.

—¿Está mi madre muy lejos?

—Bastante cerca.

Naia se percató de la expresión de su rostro.

—De pronto estamos alegres, ¿verdad?

—¿Hay alguna ley aquí que lo prohíba?

Alaric llegó arriba antes que ella y cruzó el descansillo casi bailando, mirando a derecha e izquierda y a todas partes con otros ojos. Naia no entendía nada. ¿Cómo había pasado de un humor tan abatido a esa alegría en tan poco tiempo? ¿Por qué? ¿Qué había sucedido?

Naia jamás logró averiguarlo.

4.8

Lo primero que oyó al regresar a su habitación fue la voz de Liney, a lo lejos, que intentaba superar a Pavarotti en *Nessun Dorma*. ¿Es que esa mujer no sabía estarse callada? Sin embargo, por una vez se alegró de que su tía estuviera ahí. La chiflada hermana mayor de su madre. De su misma sangre. Bajó sigilosamente las escaleras con las botas en la mano. Tenía la intención de cruzar corriendo el recibidor, abrir y cerrar de un portazo la puerta de entrada y luego quedarse por allí lo bastante para dar la impresión de que se estaba quitando la ropa de abrigo antes de dar señales de vida. Sin embargo, Liney no estaba en la cocina como (por algún motivo) él había esperado. Luciano y ella estaban justo frente a la escalera, en la sala del río, y con la puerta entreabierta. Alaric avanzó por el recibidor en calcetines y, al llegar a la puerta, dejó caer las botas junto a la alfombrilla, colgó la parka en el perchero y se calzó las zapatillas. No tenía por qué dar ningún portazo mientras su tía armara tanto escándalo. Regresó a un paso más relajado por donde había venido.

Entró en la sala del río y encontró a su tía haciendo equilibrios sobre el último peldaño de la escalera de mano, con una pierna alzada hacia atrás mientras se estiraba para alcanzar un rincón difícil de la pared. Esta vez empuñaba un rodillo, y lo iba pasando hacia delante y atrás, arriba y abajo, y allí donde le parecía por encima del viejo papel pintado. El color que había escogido podría haber sido peor, y menos mal, porque tenía toda la cara y la ropa salpicadas.

Al notar que ya no estaba sola, Liney dio un chillido y estuvo a punto de caerse de la escalera. Alaric corrió y la sujetó justo a tiempo.

—¡No has tardado nada! —exclamó su tía.

El chico se llevó la mano a la oreja para oír mejor y, compitiendo con el repentino solo de Pavarotti, gritó:

—¿Qué?

—¡Digo que no has tardado nada!

—¡No te oigo! ¡Baja la radio!

—¿Qué? —berreó Liney.

—¡¡Que bajes la radio!!

—¡¡No te oigo!! ¡¡Voy a bajar la radio!!

La pequeña radio digital que emanaba ese alboroto colgaba de un gancho cerca de lo alto de la escalera. Liney bajó el volumen.

—Así está mejor —dijeron los dos a la vez.

—Creía que estarías fuera toda la tarde —añadió entonces Liney.

—Ha tenido que irse.

—¿Quién?

—La persona a la que iba a ver. —Miró en derredor—. ¿No tendrías que haberlo preguntado antes de hacer esto?

—No estabas aquí —contestó ella.

—Me refiero a mi padre.
—Tampoco está aquí.
—Pero existe el teléfono.
—Supongo que llamará esta noche. A lo mejor se lo pregunto entonces.
—Ya será un poco tarde.
—Bueno, *c'est la vie*. —Bajó de la escalera, toda ella pies planos y codos que sobresalían—. Buenas noticias. El señor Dukas ha llamado para decir que el viejo que tenía la ferretería ha encontrado la válvula que necesitamos para nuestra caldera.
—¿En serio?
—En serio. Ha prometido solemnemente venir a arreglarla esta tarde, lo cual quiere decir que podremos cenar calentitos. Y he llamado a un equipo de limpieza para que le den un serio repaso a este sitio, de la cabeza a los pies.
—¿Un equipo de...?
—De limpieza. Quitarán el polvo, pulirán, ordenarán, harán en sólo un rato todo lo que querría hacer yo.
—Eso será caro, ¿no?
—Yo invito.
Alaric se fijó en el trapo manchado de pintura que llevaba metido en el cinturón. Ese estampado le resultaba familiar. Tiró de él.
—¿De dónde has sacado esto?
—He encontrado un montón de ropa vieja en un saco de plástico en la trascocina. Está claro que es todo lo que ha conseguido hacer tu padre por deshacerse de unas cuantas cosas antes de que llegue Kate.
—¿No has pensado que podía ser una bolsa con ropa sucia para hacer la colada cuando vuelva? —preguntó Alaric.

—¿La colada? ¿Tu padre? Qué va... —Aunque parecía dudar.

Su sobrino examinó el trozo de tela roto con más detenimiento y asintió.

—Es la camisa que Kate le envió por Navidad.

—¿Por Navidad? ¿Esta Navidad que acaba de pasar?

—Ésta.

Liney se extrajo el trozo de camisa del cinturón y lo sostuvo en alto por dos de sus tres esquinas.

—¿Crees que si lo lavo, lo plancho y lo coso todo otra vez...?

4.9

Esa misma tarde, Naia volvió a salir, pero en esta ocasión de verdad, más allá del jardín. Sentía que se había ganado un poquito de libertad después de haber estado tanto tiempo encerrada. Ya casi era de noche y estaba nevando mucho otra vez. Como el pueblo quedaba tan sólo al final del camino, se fue hacia allí en lugar de a Stone. Sólo encontró en casa a una de sus amigas, Selma Paine, pero Selma se estaba recuperando de un resfriado muy fuerte y no le apetecía salir, ni siquiera hablar demasiado. Una vez hecha la ronda, Naia paró unos minutos en el quiosco y regresó por el camino largo, pasando por delante del puesto de pescado frito y patatas, de las viviendas de protección oficial, de los apartamentos para jubilados y de las casas de falso estilo Tudor de Coneygeare Bank, y al final, igual que Alaric unas horas antes, cruzó la verja de Withern, añadiendo sus huellas a las que ya se estaban rellenando de nieve a lo largo del camino.

Todavía sin ninguna prisa por encerrarse en casa, dio otra vuelta por el jardín sur hasta el árbol Genealógico. Esta vez no se sentó en la rama caída, sino que se apoyó contra el tronco, meditabunda, viendo caer la nieve en el crepúsculo incipiente. Se dijo que el hecho de que hubiera un muerto enterrado justo debajo de ella no la molestaba en absoluto. Hacía mucho que el obispo Underwood había desaparecido. Una considerable parte del jardín quedaba detrás de ella, se extendía hasta la acequia que marcaba sus límites y que un día había sido un arroyo a lo largo del cual, desde el río hasta la verja, con los años habían crecido unos arbustos enmarañados. Naia había vivido siempre en Withern y no podía imaginar vivir en ningún otro lugar. No le gustaba pensar en ello, pero dentro de dos, tres, cuatro años, tendría que marcharse para seguir sus estudios o labrarse una carrera en cualquier profesión que eligiera. A lo mejor se marchaba, pero siempre regresaría y, a menos que sus padres vendieran la casa, todo aquello sería suyo algún día. Tampoco le gustaba pensar en eso, porque para heredar Withern Rise sus padres seguramente tendrían que morir. Tal vez Alaric también heredase su Withern. La pregunta era: ¿lo querría él? La finca estaba en muy mal estado, y Naia dudaba que el chico sintiera mucho aprecio por la casa después de esos últimos dos años. Sin embargo, recordó entonces que Kate Faraday se iba a vivir con ellos. Kate lo cambiaría todo. Cuando había ido a visitar a los padres de Naia, le había encantado la casa, el jardín, el río, todo. Kate y su madre tenían un gusto y una energía parecidos, en parte por eso se llevaban tan bien. A lo mejor a Alaric no le gustaba la idea de que Kate se fuese a vivir con ellos, pero ella podía resultar la salvadora de la casa. Y también de Alaric. Seguro que a éste le caería mejor cuando viera cómo lo cambiaba todo. Entonces Kate le gustaría.

Satisfecha con ese final feliz imaginado, Naia se separó del árbol; pero se dio demasiado impulso, porque su cabeza rebotó golpeándose contra una parte de la corteza que sobresalía. Se volvió, quizá para acusar al árbol de haberla atacado, y se encontró con un agujero en el tronco en el que, cuando era pequeña, solía dejar mensajes. El Agujero de los Mensajes, tal como siempre lo había llamado, medía unos veinticinco centímetros de arriba abajo, y en la parte inferior del reborde contra el que se había golpeado la cabeza se abría un hoyo de unos cinco centímetros de hondo. Cuando era pequeña, a principios de cada diciembre, solía dirigirse con su padre al Agujero a fin de depositar la lista de peticiones para Santa Claus. Su padre la aupaba; él le había enseñado ese método probado de comunicación con el viejo bonachón, igual que el abuelo se lo había enseñado a él cuando era un niño. Los resultados, tanto para el padre como para la hija, habían sido muy satisfactorios la mayoría de los años. Sin embargo, cuando Santa Claus quedó desenmascarado, Naia continuó utilizando el Agujero de los Mensajes para enviarse notas a sí misma. Ella no lo sabía, pero Alaric había hecho exactamente lo mismo. Hasta más o menos los doce años, ambos, en sus realidades separadas, habían depositado mensajes (normalmente escritos con zumo de limón). Unos días después iban a descubrirlos con sorpresa fingida y corrían de vuelta a la casa para calentar las palabras y hacerlas visibles. Hacía más de cuatro años que nadie dejaba nada en el Agujero de los Mensajes de ninguna de las dos realidades, pero, puesto que Naia acababa de decidir el futuro de Alaric y había sentenciado que, a fin de cuentas, sería bueno, metió la mano en el agujero en honor de los viejos tiempos. Como no esperaba encontrar nada, al tocar algo frío sacó la mano enseguida temiendo que fuese algún bicho que se hubiese metido allí dentro para morir. Sin embargo, echó un vistazo en la oscuridad del tronco y vio un paquete plano y alargado justo debajo del borde. Sacó un sobre burdo, hecho con algo que parecía hule. En la escasa luz apenas pudo distinguir las cuatro palabras escritas a mano en la parte de delante:

A quien lo encuentre

Le dio la vuelta al sobre y vio que la solapa estaba sellada con un círculo de cera roja que tenía impresa una A mayúscula. Se estaba preguntando por la críptica dedicatoria de la parte de delante y por el posible contenido del sobre, cuando sonó su móvil. Lo buscó a tientas.

—¿Diga?

Su madre, que no sabía que estaba justo ahí fuera, la informó de que la cena estaba lista. Mientras cruzaba el jardín hacia la casa, Naia se metió el sobre en el bolsillo. A lo mejor se lo enseñaría a su madre para ver qué pensaba ella. A lo mejor no.

4.10

Cuando el padre de Alaric llamó esa noche desde Newcastle, Liney lo saludó con un encantador: «Cariño.» Tras unas pocas palabras insustanciales, sobre todo por parte de Liney, le preguntó qué le parecería que pintaran la casa.

—¿Pintar? —dijo él—. ¿Quieres decir una acuarela?

—Con pintura y brocha gorda. Me estoy ofreciendo para decorar la casa, Iván. Al menos una parte de ella. Se me dan bastante bien los pinceles y los rodillos, por si no lo sabías.

Hubo un silencio desde Newcastle, y finalmente se oyó:

—Ya has empezado, ¿a que sí?

—Bueno, no puedes esperar que me esté aquí sentada jugueteando con los dedos mientras tú estás allí arriba jugando a lanzar bolas de nieve con tu bien amada —respondió Liney.

—¿Cuánto has pintado ya? —Parecía preocupado.

—Hemos terminado la cocina y la sala del río.

—¿Hemos? ¿Tú y quién más?

—Alaric, ¿quién crees tú?

—¿Alaric te está ayudando?

—Pues sí. Resulta que se le da bastante bien.

—Pásamelo, ¿quieres?

Alaric estaba inclinado sobre el puzle de Escher en la sala alargada, donde Liney había encendido el fuego, un fuego de verdad, después de haber limpiado todas las colillas y haber llenado la chimenea de carbón y leña. El chico fue a reunirse con su tía en el recibidor congelado; todavía congelado porque el señor Dukas, a pesar de su promesa, no se había presentado a cambiar la válvula. Liney le pasó el teléfono pero se quedó pegada a su codo, ansiosa por oír ambas voces de la conversación.

—A esa mujer no deberían permitirle entrar en la sociedad civilizada —dijo Iván sin ningún preámbulo—. ¿Está haciendo muchos destrozos, Al? Venga, dime la verdad.

—Podría ser peor —repuso él. Liney le sonrió, resplandeciente. ¡Menudo elogio!

—¿Estás seguro? ¿No lo dices por decir?

—No lo digo por decir.

—Al, oye. Aquí el tiempo está aún peor y no hay señales de que vaya a mejorar. ¿Te parece bien que lo alarguemos un poco más, o te va a dar algo si te quedas más tiempo atrapado con ella?

—¡Qué morro! —dijo Liney.

Alaric se cambió el auricular de oreja. Su tía fue corriendo al otro lado y siguió escuchando.

—Tendrías que ver las imágenes de la televisión local —prosiguió Iván—. Las carreteras bloqueadas, el campo salpicado de coches abandonados. Han encontrado a gente muerta por congelación en sus vehículos.

—O sea que no vais a venir mañana.

—Me parece que no tenemos mucha alternativa. Aunque, si te sientes atrapado, haremos un intento.

—¿Atrapado? —espetó Liney maliciosamente—. ¿Conmigo?

—¿Aún sigue ahí? —preguntó Iván.

—Está a mi lado —contestó Alaric.

—Enciérrala en el sótano y tira la llave, ése es mi consejo.

—No tenemos sótano.

—Pero ¿estás bien? ¿No te importa?

—Nos las arreglaremos.

—Al...

—¿Sí?

—Pronto cobraremos la compensación. Será un dineral. Compraremos cosas nuevas, ¿vale? Un nuevo equipo de sonido para ti, quizás, un coche familiar que sea de este siglo, algunos lujos. Creo que nos lo merecemos, ¿tú no?

En lugar de contestar, Alaric le pasó el auricular a Liney y volvió al puzle. Se sentó mirándolo sin verlo. La compensación. La recompensa por el accidente ferroviario que le había arrebatado a su madre. Después de dieciocho meses de investigaciones y demandas de abogados, al final la compañía que se ocupaba del mantenimiento de las vías en aquel momento había admitido su responsabilidad y había anunciado que los familiares de las víctimas recibirían «generosos pagos monetarios». La cantidad de los cheques dependería de la categoría de las heridas recibidas. «La categoría de las heridas.» Así lo habían dicho. Habían prometido cantidades de seis cifras a los familiares directos de los fallecidos. Dinero manchado de sangre. Su madre había muerto, así que su padre y él podrían comprar aparatos nuevos. Alaric no quería nada de eso. No aceptaría un penique ni tampoco ninguna cosa adquirida con ese dinero.

—¡Estamos en marcha! —graznó Liney, entrando de pronto—. ¡Hemos conseguido el gruñido oficial de autorización para hacer lo peor que podamos!

Alaric alzó la mirada del puzle.

—¿Lo peor?

—¡Carta blanca para decorar a nuestro antojo!

—¿Mi padre ha dicho eso?

—Bueno, no con esas palabras, pero como si lo hubiese dicho. Hay que leer entre líneas; en eso soy un hacha. Te sorprendería la cantidad de ocasiones en que una persona dice una cosa y piensa justo lo contrario. A veces es bastante práctico.

4.11

Naia sopesó en sus manos el sobre del Agujero de los Mensajes. Le dio la vuelta y examinó la A impresa en el sello de cera. Las únicas personas con esa inicial que tenían fácil acceso al árbol eran su madre y Alaric, pero no parecía algo que ninguno de ellos hubiese escondido allí. Entonces, ¿quién era A? ¿Y qué debía hacer con aquello? ¿Abrirlo? ¿Por qué ella? «A quien lo encuentre», decía en el envoltorio. Bueno, ésa era ella. O sea que...

Partió la frágil gota de cera endurecida y sacó tres hojas de un papel grueso que desdobló. El texto que contenían no eran ordenadas palabras de procesador de textos, como solían ser ya todos los documentos, sino que estaba mecanografiado con una cinta negra bastante gastada. Decía:

> Eres un ejecutivo de márketing joven y emprendedor. Soltero. Es sábado por la mañana y has salido a hacer la compra de la semana. Cuando estás a punto de meterte en el coche decides volver para comprobar si has cerrado bien la puerta. Al regresar, sales un minuto más tarde, y por eso no encuentras la plaza de aparcamiento que habrías encontrado en el supermercado, así que te ves obligado a aparcar en una calle cercana. En esa calle hay parquímetros, pero los conductores sólo pueden dejar los coches durante media hora. Cuando estás colocando el tíquet tras el parabrisas, alguien exclama tu nombre. Es un amigo al que no habías visto desde hacía mucho tiempo. El amigo te presenta a una vecina suya a quien ha acompañado en coche hasta el centro. Llamaremos a la ve-

cina Helen. Helen y tú os sentís atraídos, pero como está casada no volvéis a veros. O sí. Se presentan dos posibles guiones.

Guión núm. 1. Una vez te has despedido de tu amigo y de Helen, entras en el supermercado, llenas el carro y te pones a hacer cola en la caja... una cola más larga que la que habrías tenido que hacer si hubieses dejado el coche en el aparcamiento y no en la calle. Cuando regresas al coche, te encuentras a un ex alcohólico de sesenta y dos años (un guardia de tráfico) expidiendo una multa. La emprendes con él y le arruinas el día. Cuando llega a casa después del trabajo, él la toma con su mujer. Su mujer llevaba bastante tiempo sintiéndose víctima de él y las crueles palabras de su marido son la gota que colma el vaso. Hace la maleta y se va a casa de su hermana, a 320 kilómetros. Durante las semanas siguientes, el guardia de tráfico solitario vuelve a beber. Bebe también en el trabajo y lo despiden. Una noche, en su casa, muy borracho, decide cocinarse una fritanga. La sartén prende fuego, el fuego se extiende, todo el interior de la casa queda carbonizado. También el ex guardia de tráfico. Su viuda cobra el seguro y pasa el resto de su vida con comodidad, alabando la memoria de su difunto esposo.

Y todo porque volviste a comprobar si la puerta estaba bien cerrada.

Guión núm. 2. En lugar de despedirte de Helen en la calle donde has aparcado el coche, te vas a tomar un café con ella. También te ponen una multa, pero no te importa porque te lo has pasado muy bien con ella. Durante las semanas siguientes, Helen y tú os veis con regularidad. Empezáis a tener una aventura. El marido de Helen lo descubre y va a buscarte. Te ataca. Para defenderte, arremetes contra él. Él se cae y se parte la cabeza. Te arrestan, te juzgan y te sentencian a cuatro años de cárcel. Cuando sales, ya has perdido toda tu ambición y tu seguridad, y te has quedado sin trabajo. Casi te hundes, pero en lugar de eso te vas a la isla de Santorini, en el mar Egeo, donde pasas el día caminando por la playa y buscando monedas que han perdido los turistas. Un día conoces a una atractiva estudiante estadounidense que está de vacaciones. A ella le parece que tienes un acento muy gracioso, te pasa los dedos por la bonita barba espesa y te ofrece compartir con ella su saco de dormir. No se da cuenta de que está embarazada hasta que regresa a Boston. Te escribe para informarte, pero cuando llega la carta tú ya te has ido a otra isla, así que nunca llegas a enterarte de ese embarazo. En su momento, la chica da a luz a un niño y no le pone tu nombre. Pasa el tiempo. El niño crece y se hace mayor. Conoce a una chica. Deciden no casarse, pero traen tres varones a este mundo, el mayor de ellos se hace contable; el mediano, constructor de tejados; el tercero, imitador de Elvis Presley. El más joven también es un asesino en serie que en dos años descuartiza a doce adolescentes. Entre todas esas chicas, a su tiempo, habrían dado a luz a 29 niños, que entre todos habrían sido padres de 68 niños más, que habrían traído al mundo a 176 retoños. Esos 176 habrían sido padres o madres de 442 niños en total, dos de los cuales, unas gemelas, habrían sido los primeros seres vivos enviados por correo electrónico a Alpha Centauro, abriendo así la puerta al asentamiento humano en otras partes de la galaxia.

Y todo porque volviste a comprobar si la puerta estaba bien cerrada.

ALDOUS U.
Withern Rise

4.12

Era de noche y nevaba mucho, Alaric avanzaba entre enormes monumentos y lápidas medio caídas. Llegó al muro y se inclinó para leer la inscripción de aquélla en particular. No comprendió que estaba soñando hasta que vio que el nombre y las fechas estaban desgastadas y no se podían leer. Aun así, cuando el suelo empezó a transformarse bajo sus pies sintió muchísimo miedo, pero la tumba no se abrió de repente de la forma tradicional. No hubo ninguna mano que apareciera y lo agarrara del tobillo o de la garganta. Sin embargo, percibió que había alguien tras él y miró por encima del hombro. Ella lo contemplaba con unos ojos enormes y de expresión dulce. Pronunció el nombre de él. Alaric se irguió y extendió las manos hacia la mujer, pero ésta reculó hasta donde no podía alcanzarla. Él la siguió. La aparición dio media vuelta y echó a andar. Alaric vio que cojeaba mucho. Intentó seguirla, pero la nieve no le permitía apresurarse. No podía seguirle el paso por mucho que se esforzara, y tanta era su frustración que se despertó. La habitación estaba inundada por la penumbra surrealista de la nevada nocturna, pero él aún seguía más dentro del sueño que fuera. Sacó las piernas de la cama y se sentó, pensando: «No puedo perderla otra vez.» Se inclinó hacia delante, puso las manos sobre el Capricho y le suplicó que lo llevara junto a ella. Tal vez porque estaba medio dormido, con todas las defensas bajas, esta vez fue casi instantáneo. El dolor lo atravesó y lo despertó del todo mientras se trasladaba de la habitación al jardín. Cuando la agonía disminuyó, vio dónde estaba y sintió el frío, sobre todo en los pies descalzos que tenía hundidos en la nieve. Miró hacia abajo. En pijama, fuera, en plena noche. Ya se conocía la historia.

Miró hacia la casa, al otro lado del jardín. No era la suya y no quería entrar en ella justo en ese momento, pero sólo podría volver a su casa cuando estuviera junto al Capricho de la habitación de Naia. Apenas hubo pensado eso, un techo móvil empezó a formarse por encima de él y las paredes se cerraron en silencio a su alrededor. Absorbió el agradable aumento de la temperatura. Incluso de noche y con la calefacción apagada, allí hacía más calor dentro que fuera. Las cortinas estaban descorridas. Luminosas sombras se extendían por el suelo, bordeaban los muebles. En la cama, la silueta acurrucada de lado estaba vuelta de espaldas, una mata de cabello oscuro asomaba por encima del edredón. Imaginó el calor exquisito que debía de hacer ahí dentro. La chica no tendría frío, con las piernas flexionadas, los brazos doblados contra el pecho. Qué tentador resultaba meterse allí debajo, acurrucarse junto a ella, sentir toda su longitud contra él. Naia se movió, percibiendo su presencia aun dormida, y eso hizo que Alaric recobrara la lucidez. Una lucidez culpable. Naia no era sólo una chica que pudiera atraerle; era Naia, era más de su misma sangre que cualquier pariente. Le alivió ver que no se despertaba ni se volvía, porque lo habría descubierto allí de pie con una erección y el pantalón del pijama abierto. Pero sí se sobresaltó cuando la oyó decir: «¡No, Robert, quita!», antes de volver a caer en un sueño profundo. Podría haberse preguntado quién era Robert, si sería alguien más que un visitante de sus sueños, pero sólo le preocupaba salir de allí. Se volvió hacia la estantería en busca del instrumento que lo llevaría de vuelta a su casa. No estaba.

Buscó como un loco a su alrededor. ¿Dónde estaba? ¿Qué había hecho Naia con él? ¿Lo había vuelto a llevar abajo?

Ah, allí. En el alféizar, al otro lado de la cama. Se inclinó sobre la chica dormida, cerrándose el pantalón del pijama. Colocó la mano libre sobre la cúpula de cristal, se imaginó en su propia casa y, sin más esfuerzo, se encontró de nuevo tiritando y con la nieve hasta los tobillos. Entonces visualizó su habitación y, sin más ni más, el conocido dormitorio sin calefacción apareció a su alrededor. Estaba a punto de meterse en la cama para quitarse el frío de encima cuando vio algo que lo dejó helado.

La cama estaba ocupada.

Miró a su alrededor. Era su habitación. Su sillón, sus pósters, sus libros, su ropa colgada por todas partes, el Capricho de Lexie en la estantería. Todo estaba como tenía que estar. Así que ¿quién...?

Se inclinó sobre la cama. Vio el rostro durmiente. Era él.

Dio un salto atrás. Aquélla no era su habitación. Era otra igual, otro Withern Rise frío y descuidado en el que vivía otro Alaric Underwood sin madre. Se lanzó hacia el Capricho, lo agarró con ambas manos, se concentró febrilmente en su casa, la suya, en su realidad. De nuevo estaba fuera, temblando, esta vez no sólo por el frío. Apretó los puños, pensó con resolución en su propia habitación y... allí estaba.

¿Estaba de verdad allí? Después de lo que había ocurrido, ¿cómo podía estar seguro? Sin embargo, la cama estaba vacía. Palpó la sábana bajera. Fría. Una prueba poco concluyente de que no había llegado a otra variación más de su realidad, pero le bastó. Se metió en la cama fría, se tapó con el edredón y cerró los ojos. Ya no podía pasar nada malo. No si no podía verlo.

TERCERA PARTE

ÁRBOLES GENEALÓGICOS

Día tres

3.1

—He llamado al señor Dukas —dijo Liney cuando Alaric entró en la cocina arrastrando los pies a la mañana siguiente—. Me ha jurado por la vida de su madre que estará aquí a las doce para arreglar la válvula.

—A lo mejor no se lleva bien con su madre.

—Sí, yo también lo he pensado.

—¿Te ha dicho por qué no vino ayer?

—Le surgió algo, según me ha asegurado. ¿No es lo que pasa siempre? El equipo de limpieza llega a las dos, por cierto.

—Se me había olvidado lo de la limpieza.

—He pensado que podríamos ir a Stone ahora que tenemos tiempo y echar un vistazo a los papeles pintados. —A Alaric le dio un vuelco el corazón—. Ya va siendo hora de que aprenda a empapelar paredes —añadió—. Lo he visto hacer muchas veces en la tele.

—En la tele vuelven a grabar si les sale mal.

—Ah, bueno, se hará lo que se pueda.

Cuando se fueron de casa, Alaric se sorprendió al ver

que la entrada estaba limpia. Preguntó qué había pasado con todos aquellos trastos.

—Estaba harta de verlos ahí —le dijo Liney—. He aplanado las cajas saltando encima, las he metido con las bolsas de papel en sacos de residuos y lo he arrastrado todo hasta la verja. ¡Cuatro viajes! Para que lo recojan los basureros la próxima vez que pasen.

—El lunes —dijo él.

Atravesaron el huerto y abrieron la verja lateral. En la calle, Liney echó a andar hacia el pueblo.

—Por aquí es más rápido —comentó él, sin seguirla. Cuando su tía miró atrás, él señaló con el pulgar por encima del hombro en dirección al río.

—¿Quieres ponerte a patinar? —repuso ella.

Alaric empezó a caminar con calma. Ella lo siguió, agitando piernas y brazos como si fueran aspas de molino. Alaric la aguardó en el punto en que el sendero viraba bruscamente hacia Stone y rodeaba Eynesford siguiendo durante un trecho el curso del río. A su izquierda, se veía sobre el río el lejano puente de la ciudad, por el que el tráfico se movía lentamente; a su derecha, se extendía a pocos pasos el prado que servía de pista de petanca, detrás de la cual se alzaban unos árboles esmirriados sobre los que asomaba el afilado campanario de la iglesia de Stone. Después de avanzar con dificultad durante diez minutos, llegaron a la pequeña pasarela que salvaba el astillero. Esta vez, en este puente, Liney no se paró ni se inclinó.

—Todo muy bonito, seguro —dijo mientras lo cruzaban—. Si lo contemplas desde detrás de una ventana con doble acristalamiento y con la espalda apoyada en un radiador que funcione.

—Pensaba que te gustaba la nieve.

—Debes de estar pensando en otra persona. Yo no estoy hecha para estas temperaturas. —Se quitó uno de los guantes con los dientes—. Muertos —dijo, exhibiendo sus dedos sin riego sanguíneo.

Desde la pasarela sólo había un corto paseo hasta la plaza del mercado, que se usaba como aparcamiento cinco días a la semana y se llenaba de puestos los miércoles y los sábados.

—¿Por dónde? —preguntó Liney.

—¿El qué?

—Una tienda de pintura y papeles pintados.

Alaric estaba tan familiarizado con Stone como con Eynesford. No había tienda ni negocio en ninguno de los dos pueblos que no conociera o ante cuyo escaparate no se hubiera detenido muchísimas veces. Sin embargo, en aquel instante no estaba seguro de haber visto ningún establecimiento en el que vendieran material de decoración de interiores. Cuando Liney le estaba reprochando que fuera tan poco observador, se toparon con la tienda que buscaban a unos pocos portales más allá de Antigüedades y Coleccionismo Underwood. El hecho de que el local de su cuñado estuviera cerrado esa semana no impidió que Liney se quedara mirando el escaparate y soltara varios «oooh» ante un par de cosas que la encandilaron.

La tienda de bricolaje, laberíntica y de techos bajos, contaba con una impresionante cantidad de existencias para su tamaño. Poco de todo aquello interesaba a Alaric, pero al hojear con indiferencia los enormes libros de muestras encontró exactamente el mismo papel que había visto en la sala alargada de Naia. Estaba tan emocionado por haber dado con el papel que habría escogido su madre, que se ofreció a pagarlo él mismo, pero Liney no quiso ni oír hablar del tema. Calculó la cantidad de rollos que necesitarían y se fue corriendo a la caja con una tarjeta de crédito antes de que el entusiasmo de su sobrino tuviera tiempo de trocarse una vez más en ese aire de lúgubre desinterés que mostraba la mayor parte del tiempo.

Liney resultó ser mejor empapeladora de lo que parecía, aunque a ello contribuyó que el papel elegido fuese autoadhesivo. No iban a necesitar ninguna mesa de caballetes larga y tambaleante, ni grandes pinceles, ni cola goteando por todas partes. Sólo había que desprender la parte de atrás del papel y ya estaba. Por muy sencillo que fuera eso, Liney, chapucera por naturaleza, habría sido feliz pegando cada tira de papel sin alinear el dibujo con el de la de al lado. Alaric no pensaba permitirlo y le recordó en más de una ocasión que él tendría que vivir allí dentro.

Para su sorpresa, el señor Dukas llegó a la hora convenida. Casi tuvo que desmontar toda la caldera para revisarla y arreglar la válvula, pero era un hombre meticuloso. Después fue sacando el aire de los catorce radiadores y comprobó su funcionamiento.

—En realidad necesitan una caldera más grande para tantos radiadores y una casa de este tamaño —les dijo.

—Lo tendremos en cuenta —repuso Liney.

Ya habían empapelado una cuarta parte de la sala alargada cuando llegó el pequeño «ejército» de la limpieza. A Alaric no le hacía mucha gracia dejar que un grupo de extraños entrara sin ser vigilado por todos los rincones de la casa, pero no podría seguirlos a todas partes. Fueron tan eficientes y concienzudos como había resultado ser el señor Dukas, y en sólo tres horas la casa quedó transformada. Por la tarde, Withern Rise estaba más limpia de lo que había estado en los últimos dos años. Sólo la cocina y la sala alargada seguían desarregladas. Le habían pedido al equipo de limpieza que no entrara allí.

A las siete en punto, Alaric y Liney habían acabado también su trabajo. Alaric estaba asombrado por haber empapelado una sala tan grande en un solo día, y satisfecho consigo mismo, no sólo por haberle seguido el ritmo a Liney, sino por haber corregido su tendencia hacia la dejadez. Trabajando mano a mano con ella había descubierto por qué nada de lo que intentaba su tía le salía como había querido: la palabra «perfección», simplemente, no estaba en su vocabulario. Sin embargo, era una gran trabajadora, eso tenía que admitirlo.

3.2

Naia estaba hecha un ovillo en el sofá de la sala alargada volviendo las páginas de una revista. Mientras tanto su madre iba de aquí para allá alisando cortinas, moviendo cosas, alisando cortinas, limpiando el polvo de los adornos, alisando cortinas. Alex estaba así de inquieta desde su encuentro con aquel chico en el cementerio, el día anterior. Ese chico tenía algo. Ella había sentido el impulso de tender una mano y tocarlo, y eso, en retrospectiva, la preocupaba. ¿Sería atracción? ¿Se había sentido atraída por un adolescente? ¡Dios santo! Sin embargo, no lo creía probable. Se dijo que era por su asombroso parecido con Naia. Sí, la había fascinado su semblanza con Naia, eso era todo. Más valía que fuese así.

—¡Mamá, me estás poniendo nerviosa! ¡Siéntate!

—Son estas cortinas. Son demasiado largas. Se arrugan por abajo.

—A mí me parece que están bien. Y de todas formas

no puedes hacer nada para arreglarlas, así que déjalas... ¡por favor!

Naia supuso que todo ese ajetreo sólo se debía al modo de ser de su madre, que no sabía estar sin hacer nada. Ya había puesto al día el álbum familiar y no sabría con qué entretenerse hasta que se decidiera por un nuevo proyecto. En cambio, Naia casi nunca se sentía culpable por estar sentada sin hacer nada. En ese sentido se parecía a su padre. Sin embargo, por una vez deseó tener algo con lo que distraerse. La revista no era lo bastante absorbente para hacerle olvidar el contenido del sobre del Agujero de los Mensajes. Miles de preguntas le daban vueltas en la cabeza desde que lo había leído. Preguntas como quién sería Aldous U. No había demasiados apellidos que empezasen por U en la guía de teléfonos, así que Underwood parecía una opción muy probable. Pero no podía ser. No había ningún Aldous Underwood; al menos ninguno con vida. Desde luego, la carta, o lo que fuera aquello, podía ser un fraude destinado a desconcertar o frustrar a quien la encontrara. Sin embargo, aparte de ella, ¿quién más conocía el Agujero de los Mensajes? Sólo sus padres y quizás Alaric. La única otra persona que podía pasearse por allí con libertad era el señor Knight, el jardinero al que contrataban a veces, que era un hombre serio y recto. No lo imaginaba escribiendo ese tipo de cosas, sellando sobres artesanales con cera y escondiéndolos secretamente en árboles. No obstante, si aquello no era un fraude, ¿qué era? ¿Algún tipo de tratado filosófico? ¿Un trabajo de escritura imaginativa? Casi tan desconcertante como todo eso era que el tema del escrito se pareciese tanto a algunas de sus especulaciones más recientes. ¿Era sólo coincidencia o había algo más involucrado?

—Ay, maldita sea.

Su ajetreada madre había tirado con la manga tres naranjas de lo alto del frutero. Naia dejó la revista y se puso en pie de un salto.

—Ya vale, me voy. Salgo a dar una vuelta.

Alex se agachó a recoger las naranjas.

—¿Una vuelta a estas horas de la noche? No es buena idea.

—No es tan tarde.

—No, pero ya está oscuro. Hay tipos que no son nada de fiar rondando por la oscuridad con la esperanza de que jóvenes como tú se les crucen en su camino.

—Sólo voy a caminar por el jardín.

—Ah. Bueno, entonces vale.

Naia estaba a punto de irse cuando sonó el teléfono.

—Hola, cariño —dijo Alex al contestar la llamada.

Naia cerró la puerta al salir y no se enteró de que su padre le decía a su madre que la feria había acabado y que, aunque el estado de las carreteras no había mejorado, estaba pensando en intentar volver.

—No seas tonto, no merece la pena —le dijo Alex.

—Pero es que estar aquí sentado es muy aburrido. Esto no es el Ritz, ¿sabes? Y no te molestes en recomendarme otra de tus horribles novelas de suspense. La que me dejaste es tan emocionante como ir a tomar el té a la vicaría.

—Tienes televisor, ¿no?

—No dan nada, salvo quizás en los canales porno de pago.

—Pues mira uno de ésos.

—Ya lo hice, anoche. Conseguí echar de menos la realidad. ¿Puedo volver a casa, por favor?

—No. Te quedarás donde estás hasta que las carreteras sean seguras.

—Podría tardar semanas —protestó él.

—Haremos lo que podamos para reconocerte cuando por fin regreses. ¿No hay nadie allí con quien puedas charlar? ¿Y Kate?

—Ah, Kate sólo se quedó una noche. Se marchó antes de que las carreteras se pusieran mal de verdad. Estaba ansiosa por volver junto a su nuevo compañero.

—¿Un nuevo compañero? No mencionó ningún nuevo compañero en su última carta.

—Éste acaba de salir de fábrica. Tony o Tom o algo así. Debo decir que estoy destrozado. Pensaba que nuestra Kate sólo tenía ojos para mí.

—No tendrías esa suerte.

—Recuerdo que una vez tú misma dijiste algo por el estilo.

—Sólo intentaba estimular tu frágil ego masculino —repuso Alex.

3.3

Le dijo a Liney que se iba a respirar un poco de aire fresco.

—¿Qué? ¿Te parece que ahora hace demasiado calor? —comentó ella.

—No, pero no soporto pasarme el día encerrado en casa.

Lo que quería decir en realidad con eso era que necesitaba descansar de su tía después de diez u once horas seguidas a su lado. Ella le dirigió una sonrisa torcida, como diciendo que lo sabía y lo comprendía. Alaric cerró la puerta de entrada y se quedó de pie en el peldaño pensando que podía ir al pueblo a ver a algún amigo. El que estaba más cerca era Leonard Paine, que vivía con sus padres y dos hermanos en el piso de encima del pequeño supermercado que quedaba a una manzana del instituto. Y, si Len no estaba en casa, Mick Chilton vivía unos cuantos portales más allá. Se dirigió hacia la verja lateral.

Eran casi las nueve, pero el jardín relucía como si estuviera iluminado desde dentro, así que, aunque no había luna ni estrellas y aunque seguía nevando, no le costó ver por dónde iba. Sin embargo, no había dado más que una veintena de pasos cuando se detuvo. «¿De verdad quiero ver a alguien?» Los acontecimientos de los últimos días eran lo que más lo preocupaba, no podía pensar en ninguna otra cosa, pero si les explicaba a sus amigos todo aquello pensarían que estaba chalado, harían correr la voz y, en cuanto empezaran las clases, absolutamente todo el mundo lo ridiculizaría sin piedad. Sólo había una persona que estaba al tanto de todo y a Alaric le daba no sé qué intentar visitarla otra vez. El dolor intenso ya era bastante horrible como para encima saber que a lo mejor aparecía en una realidad habitada no por Naia, sino por otro Alaric. Se imaginó encontrándose cara a cara consigo mismo. Él mismo, no alguien que se le parecía, no un gemelo ni un doble, ni una versión femenina: literalmente otro él. ¿Qué le diría? ¿Qué dirían cualesquiera de los dos? ¿O qué harían? ¿Podían dos mentes idénticas operar en la misma habitación? ¿Podía una persona soportar mirarse a los ojos sin tener un espejo delante? Cuántos imponderables. Demasiados. Mejor no hacer nada. Mejor quedarse en terreno conocido.

Dio media vuelta y enfiló hacia el río. Caminó entre la casa y el garaje, pasó junto a la esquina de la sala del río y dejó la casa atrás. La nieve crujía agradablemente bajo sus pies mientras descendía la pendiente hasta el embarcadero. Lo más sensato en esas condiciones era bajar por los escalones, pero no tenía ganas de ser sensato. Hundió los talones y avanzó hacia la orilla medio a zancadas y medio a resbalones. Sus pies tropezaron con la madera, que crujió pero no cedió apenas. El embarcadero era una construcción sencilla de tablones sostenidos por pilares. Durante los años en que Withern no estuvo habitado por los Underwood, allí se había amarrado una impresionante lancha a motor, pero la mayor embarcación que la familia de Alaric —y de Naia— había poseído jamás era una batea de caoba pulida que el abuelo Rayner había mandado construir en el pequeño astillero que había río abajo. Era una batea preciosa, y en ella habían hecho más de un pícnic sobre el agua, pero un día unos gamberros la habían desamarrado y dejado ir a la deriva. Jamás la habían reemplazado, pero al final Iván —las dos versiones de él— había comprado una pequeña barca de remos que no habría supuesto una gran pérdida en caso de que se repitiera el sabotaje. La habían sacado algunas veces, aunque no era lo mismo. Ese día, la barca estaba volcada en la orilla; un refugio antiaéreo para enanos cubierto de nieve.

La larga plataforma del embarcadero estaba delimitada a izquierda y derecha por viejos sauces, a la sazón sin hojas, aunque en verano todo su follaje se extendía, colgaba y surcaba el agua con pereza. En esos parajes, esa noche, nada se movía ni emitía sonido alguno. Allí solo de pie, en el inmenso silencio sereno, Alaric se sintió la última persona de la Tierra.

«Soy el único que queda.»

El viejo del abrigo negro apareció de pronto en su pensamiento. La única vez que había visto a la versión de él en su realidad, había sido paseando por allí, justo al otro lado del río. Parecía probable que en ambas realidades fuese tan sólo un pobre hombre con ganas de dar un paseo, pero su mirada le había transmitido algo extraño cuando se lo había encontrado en el sendero del lado de Naia. Tenía la expresión de una persona que se acaba de despertar y descubre que el mundo no es exactamente como debería. Alaric se identificaba con eso. Muchas veces, incluso antes de la muerte de su madre, había sentido algo inexplicable, que todo lo que lo rodeaba era menos real de lo que pretendía ser; que las personas a las que veía todos los días eran en cierto modo una falsificación, parte de una interpretación o una farsa montada para él. Y a veces, cuando caminaba o estaba sentado a solas, le parecía sentir una presencia o entrever un levísimo movimiento por el rabillo del ojo. Nunca había nadie ahí, pero a la luz de todo lo que había aprendido esos últimos días parecía razonable suponer, como había sugerido Naia, que esas sensaciones fueran visiones fugaces de otras realidades separadas por la más tenue de las membranas. Tal vez en esas ocasiones casi veía u oía a otra versión de él mismo. Quizás a Naia. O al otro Alaric. En el instante en que pensó eso, la plataforma del embarcadero crujió. Alaric volvió la cabeza hacia el sonido mientras un escalofrío le recorría la espalda. No había nadie, como siempre, pero una vez más tuvo la sensación de que no estaba solo del todo.

3.4

El embarcadero crujió cuando Naia bajó hasta él. Se metió los puños en los bolsillos y miró al río silencioso, preguntándose qué estaría haciendo Alaric en ese momento. Por lo que ella sabía, estaría de pie en ese mismo lugar en su realidad. Al ser la misma persona en todos los aspectos importantes, habrían hecho lo mismo en el mismo momento incontables veces. Habrían pensado lo mismo. Si ella parecía más rápida que él, más imaginativa, mejor informada, seguramente sería sólo a causa de la gran tragedia que él había vivido. Seguro que una pérdida tan terrible te adormecía el pensamiento, te convertía en una persona muy introvertida y te hacía sentir lástima de ti mismo. Era menos probable que una mente embotada encontrara inspiración o se sintiera intrigada por algo que estuviera más allá de sus limitados horizontes.

Dejó de pensar en Alaric y se centró en la familia, la de ella, la de él. Esa tía perdida seguía siendo un misterio —¿por qué no tenía ella una tía si él la tenía?—, pero imaginó que la mayoría de los demás Underwood y Bell habían existido en ambas realidades. Jamás había pensado demasiado en la historia familiar hasta que había aparecido Alaric, como surgido de la nada, pero en los últimos días se había descubierto muchas veces especulando sobre esas generaciones anteriores que, con sólo existir, habían conspirado para traerla a ella al mundo y a ese momento en el tiempo. También ellos habían sido jóvenes una vez. Seguramente en las cosas importantes no eran muy diferentes de la gente actual. Se preguntó si compartía el aspecto, la actitud, las peculiaridades de alguno de sus antepasados; si tendría habilidades, gustos, ambiciones semejantes. Tal vez, si alguna joven antepasada hubiese descubierto una forma de avanzar en el tiempo y encontrarse con ella, serían como hermanas, lo tendrían todo en común. Tal vez algún Underwood de una o dos generaciones anteriores había salido allí en una noche como ésa y también había meditado sobre los que se habían encontrado antes en ese lugar. Ya habían desaparecido, todos ellos, igual que ella desaparecería un día, pero sentía un extraño consuelo al pensar que ella no era más que la última de las personas de su linaje que habían estado allí de pie, reflexionando sobre las mismas cosas, sobre su situación, su papel en la vida.

3.5

Desde el embarcadero, Alaric fue paseando por el terreno, dejando dibujos azarosos en la nieve con los pies. Estaba en el jardín sur cuando se levantó una ráfaga de viento, un viento muy helado que lo congeló hasta la médula. Corrió a protegerse bajo el árbol Genealógico, desde donde contempló cómo el viento rizaba la superficie polvorienta de la nieve y lo escuchó silbar por entre el techado de ramas y ramitas de allá arriba. De pronto notó una sensación vibrante allí donde su hombro rozaba el árbol, de modo que colocó la palma de la mano sobre el tronco, seguro de que eran imaginaciones suyas. Sin embargo, el árbol vibraba de verdad. ¿Era posible algo así? ¿Podía el viento, aun siendo tan fuerte, zarandear un roble de ese grosor? Todavía se lo estaba preguntando cuando lo invadió un terrible desconsuelo, un desconsuelo tan desgarrador que lo consumió por completo y lo hizo caer de rodillas. Tan afectado estaba por la aflicción de una tragedia de la que nada sabía que apenas notó que el árbol se sacudía bajo sus manos, pero entonces se separó de golpe y la aflicción cesó al instante. Se levantó de un salto y caminó hacia la casa. De pronto estaba ansioso por verse dentro.

Al llegar a la entrada giró el picaporte. Le resultó extraño, menos firme de lo que debería, pero lo que más lo inquietó fue que la puerta estaba cerrada con llave. Liney. No había salido más que unos minutos y esa vieja chiflada le había cerrado la puerta. También había apagado la luz del recibidor, la luz que él había insistido en dejar encendida para que iluminase el peldaño a través de la ventana a su regreso. Aún más le sorprendió ver que la ventana estaba abierta, pero al menos así tendría una forma de entrar sin llamar a su tía. Con algo de suerte podría subir a hurtadillas hasta su habitación y birlar media hora más de paz antes de volver abajo y fingir que acababa de llegar. No era fácil encaramarse porque la ventana era muy pequeña, pero lo consiguió. El alféizar estaba mullido al tacto, algo que no pudo explicarse ni tuvo tiempo de considerar antes de saltar adentro, y entonces dejó de importarle. La ventana era de esas antiguas de guillotina que no se podían cerrar sin hacer ruido, así que la dejó abierta con la intención de cerrarla después. La nevada dejaba entrar suficiente luz para ver por dónde iba. Se sentó en la alfombrilla y sacudió las botas. Oyó el televisor en la sala alargada, a su izquierda. Liney debía de haber dejado la limpieza para el día siguiente. Por él, perfecto. Se dirigió hacia la escalera. No había luz en el recibidor, pero sí había una encendida arriba; gracias a su claridad hubiera podido advertir ciertas incongruencias que, de hecho, Alaric no notó, porque arrastrarse por la casa como un espía requería toda su atención.

Empezó a subir intentando hacer el menor ruido posible y de nuevo le pasaron por alto diferencias que normalmente le habrían saltado a la vista. Cuando llegó al rellano de medio camino, vio la luz que se filtraba bajo la puerta del baño. Menudo rollo, o sea que su tía no estaba abajo. Estaba calculando las probabilidades de pasar sin que ella lo oyera, cuando oyó una voz potente desde el dormitorio principal.

—Wally, ¿dónde puñeta estás?

Casi le fallan las piernas. La voz de su padre. Pero ¿cómo...?

—Estoy echando una meada, ¿te importa? —Eso procedía del baño.

—Los demás pueden volver en cualquier momento —gritó la primera voz—. ¡Acelera un poco!

No era la voz de su padre. Se parecía mucho, pero era más áspera, más ronca. Alaric se apretó contra la larga sombra que caía como un manto desde el descansillo hasta el recodo de la escalera; justo a tiempo, pues un hombrecillo con una cazadora de cuero negro salió del baño abrochándose la bragueta. ¿Quiénes eran esos hombres? ¿Qué hacían allí? ¿Dónde estaba Liney? Perplejo, luchando contra una gran inquietud, al fin reparó en los cuadros, el papel de la pared, la moqueta recargada de la escalera, la barandilla pintada.

—La mayoría son baratijas —soltó la voz que le recordaba a la de su padre desde el dormitorio principal—. Casi no vale la pena molestarse.

—Dijiste que estaban forrados —dijo el otro, uniéndose al primero.

—Están forrados. Por fuerza. ¿No has visto ese coche que tienen, joder?

—A lo mejor tienen una caja fuerte...

—Sí. Vete a mirar.

—¿Dónde?

—¿Cómo quieres que lo sepa? En cualquier sitio, por todas partes, usa la cabeza, tío.

—No pienso volver a esa maldita sala.

—¿Por qué? ¿No creerás que van a saltarte encima y te van a inmovilizar en el suelo, verdad?

—No tenías que haberlo hecho, Ive.

—Sí tenía que hacerlo. Nos habían visto la cara. Y ahora deja de lloriquear y mueve el culo.

El hombre de la cazadora de cuero entró en la habitación que ocupaba Liney en su casa. Luego en la de Alaric. Ése no era su Withern. Ni el de Naia. Entonces... ¿de quién? A quienquiera que perteneciese, esos hombres lo estaban registrando mientras no había nadie en casa. Alaric retrocedió por la escalera, evitando los escalones que crujían.

3.6

Naia podría haber subido los peldaños desde el embarcadero, pero la tentación de trepar por la orilla era difícil de resistir. No obstante, perdió el equilibrio antes de llegar arriba, cayó y se quedó a gatas. Sintió que resbalaba y por un momento temió deslizarse hacia atrás, chocar contra el embarcadero y dar una trágica voltereta hasta acabar dentro del río... o sobre él, si el hielo era tan grueso como imaginaba. Utilizó las manos como ganchos y las clavó en la tierra por encima de su cabeza. Cuando estuvo agarrada con firmeza, soltó un impetuoso «¡ah!» y se dio impulso hacia arriba. Al llegar a la superficie llana de arriba, se rió para demostrarle a cualquier observador invisible que había sido divertido y subió por la cuesta hasta la casa, sacudiéndose la nieve de la parte de delante del abrigo.

Pasó entre los dos lúgubres tejos negros —centinelas desaprobadores— y se sentó un minuto en uno de los bancos del porche, preguntándose qué hacer a continuación. Como no se le ocurrió nada decidió entrar. Su madre le diría: «¿Ha merecido la pena?», porque no había estado fuera mucho tiempo, y ella contestaría: «Hace frío», y su madre diría: «Eso ya te lo decía yo», después alimentarían el fuego de la chimenea, pasarían un par de horas ante la tele y ya se habría acabado el día.

Como la puerta del porche estaba cerrada con llave, tuvo que rodear toda la casa. Cuando entró, Alex le resumió su conversación telefónica con Iván. A Naia le gustó enterarse de eso del novio de Kate. Nada podría excusar la conducta que su padre habría seguido si su madre no hubiera estado allí para mantenerlo a él a raya y a la casa en orden, pero se alegró de poder descartar las sospechas que había empezado a abrigar sobre él y Kate solos en Bristol.

3.7

Desde el pie de la escalera, Alaric se deslizó hasta la sala alargada y se quedó tras la puerta, intentando recobrar la calma. El televisor estaba encendido al otro extremo. Un concurso muy ruidoso. Desconcertado y asustado, casi no reparó en que no había motivo para que el televisor estuviera encendido si las únicas personas que había en la casa eran ladrones. La iluminación tenue procedía de unos apliques con forma de tulipán que jamás habrían logrado entrar en una casa en la que Alex Underwood estuviera al mando. Ella tampoco habría elegido jamás ese papel de relieves aterciopelados, ni habría colocado todos esos retratos de estudio de niños con flequillo, sonrisas poco agraciadas que mostraban los agujeros de los dientes caídos. El único mobiliario que había al extremo de la sala donde estaba Alaric era un escritorio moderno de teca, un aparador a juego y una vitrina de nogal de los años cincuenta con unas volutas estrambóticas en el cristal de las puertas. La vitrina contenía una colección de platos decorativos y figurillas horrorosamente cursis de inspiración italiana.

Alaric dio un respingo. «Tengo que salir de aquí.» En lugar de regresar por donde había venido y arriesgarse a que lo vieran desde el descansillo, se dirigió hacia la puerta que lo llevaría al recibidor y a la ventana por la que había entrado. Igual que en su casa y en la de Naia, dos sillones y un gran sofá estaban emplazados de cara al televisor, aunque la tapicería del tresillo que estaba viendo tenía unas flores excesivamente grandes. Al advertir en el suelo un tronco en forma de cuña y preguntarse qué hacía allí, vio que al otro lado del respaldo del sillón ya no existía la chimenea original y que en su lugar había una estufa de gas con llamas falsas. Junto al fuego había un reluciente cesto negro y alargado con florituras de latón. Los troncos del cesto no tenían ninguna función práctica. Al acercarse, otra cosa le llamó la atención justo por debajo del respaldo del sofá. Se estiró y descubrió la coronilla de una cabeza calva con algunos mechones canos.

Allí había alguien. Alguien que no tenía más que mirar hacia atrás para verlo.

Alaric avanzó en silencio hacia la puerta. Casi había llegado cuando se le ocurrió que los ladrones estaban armando tanta escandalera arriba que ni siquiera un fanático de los concursos podría dejar de oírlos. Sin embargo, el hombre del sofá no movía un músculo. ¿Estaba sordo? En ese caso no podía estar disfrutando mucho del programa, que no estaba subtitulado. Al llegar a la puerta, Alaric miró de nuevo al sofá. Allí había dos personas, no una. Una pareja de ancianos. El hombre se sentaba erguido y su mujer estaba echada en parte sobre él. La mujer parecía dormir, mientras que la cabeza del hombre se balanceaba un poco. El ojo que Alaric veía de perfil miraba en dirección al televisor. No pestañeaba. Algo no iba bien. A riesgo de ser descubierto, alargó el cuello hasta ver la otra parte de la cabeza del hombre.

El cráneo del anciano tenía una enorme hendidura y el ojo derecho parecía haber reventado. Su camisa y el sofá, por ese lado, estaban manchados de sangre. De pronto le encontró sentido al tronco del suelo. A lo mejor también habían tratado así a la mujer, o quizá no, pero no le veía ninguna señal porque tenía el rostro vuelto hacia abajo. Tal vez le había fallado el corazón cuando los hombres habían irrumpido en la casa y uno había cogido el tronco del cesto y le había asestado un golpe mortal a su marido.

Estrépito en el piso de arriba. Voces masculinas exaltadas.

Alaric se volvió hacia la puerta, calculó mal su posición y se dio contra una mesita con un teléfono. Fue un golpe extraño, como si chocara contra una nube de azúcar. Miró el teléfono. Tendría que llamar a la policía. ¿No es eso lo que se hace en esa clase de situaciones? A lo mejor tenía tiempo de llamar antes de salir pitando. Su mano se cerró sobre el auricular y lo alzó. Se le escurrió entre los dedos. Volvió a cogerlo, y de nuevo no logró sostenerlo. Esta vez se le cayó en la mesa. Desconcertado, se inclinó sobre el aparato y escuchó la señal. Ahí estaba. Si no conseguía sostener el aparato, seguro que podría apretar tres botoncitos. Tocó el primer botón. Se hundió, pero no lo suficiente. Le dio un golpetazo. El botón se resistía. Por mucha fuerza que aplicara, no bajaba más que la mitad. El tono de marcado continuaba sin pausa. Era como el encuentro con Naia en el jardín del día anterior, antes de ser absorbido en la realidad de la chica. Nada, ni siquiera ella, tenía verdadera sustancia para él. Bueno. De alguna forma, durante los últimos diez o quince minutos había entrado en aquella realidad, pero, en lugar de esperar a encontrarse dentro de la casa desde el jardín, si es que eso era posible allí, él se había colado por la ventana y...

Toc, toc, toc. Pasos pesados en la escalera.

Saltó hacia la puerta y tiró de la manilla con la intención de salir corriendo al recibidor, agarrar sus botas y saltar por la ventana antes de que lo vieran. La puerta se abrió, pero sólo un poco. Volvió a tirar. Unos cuantos centímetros más y ya está. Se volvió de lado e intentó pasar por el resquicio. No tenía hueco suficiente, pero la puerta demostró no ser ningún obstáculo. Una mitad de él pasó a través de la madera. La sintió, pero sólo como una ligera incomodidad. Una vez al otro lado, se apresuró hacia la entrada en penumbra y miró a lo largo del recibidor. Vio al hombre de la cazadora de cuero cruzar de la escalera a la sala del río. A continuación se oyó el estrépito que hacía al registrar la sala en busca de una caja fuerte y objetos de valor.

Alaric cogió las botas que había dejado en la alfombrilla y las lanzó por la ventana. Salió tras ellas, se sentó en el peldaño y se las calzó, intentando decidir adónde iría. Sus propias huellas, sorprendentemente poco profundas dado el espesor de la nieve, apuntaban en sentido contrario. Se levantó y corrió por el jardín temiendo que alguien lo persiguiera gritando y con un arma. No hubo ningún grito, ninguna persecución, pero alcanzó el árbol sólo unos momentos antes de que aparecieran los rayos de unos faros por entre el túnel de ramitas junto al camino. Un Mercedes blanco aparcó frente a la casa y de él bajaron tres niños armando mucho jaleo. Sus padres salieron a un ritmo más pausado. El hombre, el que conducía, le dijo a su esposa:

—Pon la tetera mientras yo aparco, Sal, estoy molido.

—¿De qué murió tu última esclava? —repuso ella.

—De amor —contestó él, dando zancadas en dirección al garaje.

Los niños ya estaban pateando el suelo en la entrada.

—¡Mamá! ¡Corre! ¡Hace frío!

Su madre metió una llave en la cerradura y ellos se deslizaron dentro antes que ella. Se encendió la luz. Mientras su marido abría las puertas del garaje, la mujer siguió a los niños al interior.

Alaric seguía contemplando la escena desde detrás del árbol Genealógico cuando los dos intrusos, escapando a toda prisa por una ventana del piso de abajo por el lado del río, corrían a esconderse a lo lejos, a su izquierda. El hombre de la cazadora de cuero era un ladrón de poca monta que a veces probaba suerte entrando en casas. Se llamaba Wally Musgrave y de niño había cambiado la dentadura postiza de su abuela por un coche de carreras en miniatura. El más alto, el organizador del robo, tenía más antecedentes, sobre todo por lesiones corporales graves y robo con violencia. Con dos divorcios a cuestas, tenía dos hijos de su primer matrimonio, Adam y Nicole, pero su historial delictivo le había supuesto la prohibición legal de verlos. Se llamaba Iván Charles Underwood. Su familia había sido una vez propietaria de

Withern Rise, hacía ya tiempo, mucho antes de que él naciera, y toda su vida había sentido envidia de los que vivían allí en lugar de él. ¿Qué tenían de especial para poseer tanto mientras que él tenía que andar rebuscando para sobrevivir? «Bueno —pensó, divertido—, después de esto, este sitio ya nunca será lo mismo. Ni para los vivos ni para los muertos.»

Alaric no presenció la huida de los hombres, pero oyó los gritos en el interior de la casa y vio al conductor del Mercedes correr hacia la puerta. Acababa de llegar a ella cuando Alaric sintió un temblor en el árbol tras el que se escondía y los gritos cesaron de pronto, como una cinta ensamblada sin ton ni son. Parpadeó. El Mercedes ya no estaba. Las puertas del garaje estaban cerradas. Había luz en una de las ventanas de arriba y Liney se movía por allí.

Se separó del árbol y fue hacia la casa. Esta vez, la ventana estaría cerrada y la puerta abierta.

3.8

Naia y su madre estaban charlando con el volumen de la tele bajo, riendo por algo estúpido que había hecho una vez su padre. Naia se ausentó para ir al baño. Subió al primer piso, pero no fue al baño. Tenía que ir constantemente a su cuarto por si Alaric le hacía una visita inesperada. No estaba segura de qué haría él si llegaba y ella no estaba. Iría a buscarla, a lo mejor, y esa idea la ponía muy nerviosa. Entró en su habitación. Alaric no estaba, pero sí que había alguien.

—¿Mamá...?

Sólo había un camino para subir a esa planta y Naia

acababa de recorrerlo. No había forma de que su madre hubiese llegado antes que ella. Sin embargo, allí estaba, sentada en la cama, sollozando con el rostro entre las manos.

—Mamá, ¿qué estás...? ¿Cómo...? Yo no...

Su madre no respondió ni levantó la mirada. La perplejidad de Naia aumentó más aún al oír un nombre entre los sollozos.

—Alaric. Oh, Alaric. Cielo mío.

Su madre, que era imposible que estuviera allí, no tenía idea de la existencia de Alaric, pero allí estaba, gimiendo su nombre como si acabara de morirse o algo...

La Alex Underwood de la cama se desvaneció y se llevó su pena con ella. No quedó ninguna señal en el lugar en el que había estado sentada.

3.9

Alaric cerró con llave la puerta de entrada, y apoyó la espalda contra ella. La conmoción empezó a afectarle. Se quedó donde estaba, recostado contra la puerta, aguzando el oído. Todo estaba en silencio. Esta vez no se oía el televisor.

—¿Alaric? ¿Eres tú?

Liney se le acercaba desde la escalera. Le sonrió al verlo, pero al aproximarse y mirarlo más de cerca esa sonrisa desapareció.

—¿Estás bien?

—Sí, bien.

Se volvió para quitarse el abrigo y las botas. Liney no sabía qué hacer. Los adolescentes no eran una especie con la que hubiese tenido mucho contacto, ni siquiera cuando ella misma lo era. Hablar con ellos siempre le había parecido como intentar comunicarse en una lengua muerta.

—He recogido un rincón para que podamos sentarnos allí —dijo, señalando a la sala alargada—. Hay un par de vídeos tuyos que no me importaría ver. *Donnie Darko* o *Destino final*. ¿Qué me dices?

Alaric recordaba con demasiada viveza a la pareja de ancianos de la otra sala alargada. Un sofá diferente, pero en el mismo lugar. No podía sentarse en ese sitio, ni siquiera allí. Esa noche no.

—Estoy cansado —dijo.

A medio camino escalera arriba oyó de nuevo la conversación de los dos hombres en aquel otro descansillo. Sintió un escalofrío, se le encogió el estómago. Corrió al baño, levantó el asiento del retrete y vomitó con tanta estridencia que Liney lo oyó incluso en el piso de abajo. Subió corriendo y ya estaba inclinada sobre él antes de que hubiese terminado. Le dio unas palmaditas en la espalda y le dedicó sonidos tranquilizadores que no lo tranquilizaron en absoluto.

Lo ayudó a levantarse, tiró de la cadena, bajó la tapa mientras él se lavaba la cara con agua fría y se enjuagaba la boca.

—¿Qué te ha provocado esto?

La respuesta de Alaric fue poco más que un gruñido. Ella lo acompañó hasta su habitación, pero él no podía acostarse en aquel momento. Liney lo envolvió con el edredón y él se lo ciñó sobre el pecho. Estaba tiritando.

—¿Quieres que te traiga algo? —preguntó su tía—. ¿Una taza de té? ¿Un vaso de agua?

—Agua —dijo él, más para librarse un rato de ella que para cualquier otra cosa.

Liney salió de la habitación, contenta de poder ayudar.

Sin ella allí para distraerlo, el cadáver o los cadáveres de aquel otro sofá volvieron a venirle a la mente. Pero ¿quiénes eran esas personas? No eran Underwood, estaba claro. Aunque se encontraba mal, improvisó una hipótesis. En 1963, el abuelo Rayner había vuelto a comprar Withern a la familia que había ocupado la propiedad desde finales de los cuarenta. Quizás el trato había tenido un cincuenta por ciento de probabilidades de éxito o de fracaso, y había surgido una realidad en la que Rayner no había logrado reunir bastante dinero o en la que su oferta había sido rechazada, de forma que los Underwood de aquella realidad nunca habían recuperado la casa. Un hijo de la familia residente y su esposa —o una hija y su marido— se quedaron a vivir allí después de casarse, y, cuando también ellos fueron padres, habían recibido una parte de la casa para su uso particular. El acuerdo había funcionado bastante bien hasta esa noche en que las vidas de las dos personas que habían mantenido el lugar todos esos años fueron espantosamente segadas por un par de cabrones perversos que buscaban baratijas. Alaric imaginó cómo sería la vida para los supervivientes. Los padres sentirían pánico ante las sombras y los ruidos de la noche, y sus hijos, allá a donde fueran, se verían perseguidos toda la vida por la visión con que se habían encontrado al entrar en la sala alargada aquella espantosa noche de febrero de 2005, cuando eran pequeños.

3.10

Naia no se lo explicaba. Su madre estaba al mismo tiempo abajo, en la sala alargada, y arriba, en su habitación, y la de arriba había pronunciado un nombre que era imposible que conociera antes de desaparecer ante sus ojos. ¿Habría sido el fantasma de la madre de Alaric? ¿Podían pasearse los fantasmas por dimensiones diferentes a la que habían habitado en vida? Eso podría explicar los sollozos. Lágrimas por la pérdida de un hijo querido. La que había muerto era ella, pero la pérdida habría sido tan grande para ella como para él, en cierto modo. El único problema era que Naia no creía en fantasmas. Los fantasmas eran patochadas. No obstante, si la Alex de su habitación no era un fantasma, sino una persona de carne y hueso, ¿de dónde había salido? ¿De dónde era? ¿Y por qué estaba sollozando desconsoladamente por Alaric?

3.11

Liney volvió con un vaso de agua. Un vaso enorme. «Nunca hace las cosas a medias», pensó Alaric.

—¿Cómo te encuentras?

Le sostuvo el vaso junto a los labios, lo cual le impedía responder sin empapar a su tía, así que volvió a dar un gruñido. Ella se sentó a su lado, lo abrazó y se puso a acunarlo como a un bebé. Que lo acunaran no era algo que le apeteciera especialmente, pero le pareció grosero apartarse y se quedaron así un rato, balanceándose suavemente atrás y adelante hasta que los dos se sintieron avergonzados.

—¿Ya estás mejor? —preguntó Liney.

—Hmmm...

Ella lo dejó libre.

—¿Quieres acostarte?

—Vale.

Mientras bajaba la escalera, la imaginación de Liney echó a volar. Alaric habría estado en casa de algún amigo del pueblo y habría bebido algo que no le había sentado bien, o habría fumado algo perjudicial. Algo así tenía que ser. Un adolescente no sale en una gélida noche de invierno en un estado mental y físico razonable y regresa pálido como la cera media hora después, vomitando y temblando, si lo único que ha hecho es dar una vuelta por el jardín. No estaba segura de si debía llamar a su padre o hacer como si no hubiese sucedido nada. Si se lo contaba a Iván, corría el riesgo de alejar de sí a Alaric justo cuando estaban empezando a sentirse cómodos en su mutua compañía. Sin embargo, si se guardaba esas sospechas...

Mientras Liney sopesaba sus opciones, Alaric, envuelto en el suave edredón, cerró los ojos y logró dormirse. Por suerte, a la mañana siguiente no recordaba lo que había soñado.

Día dos

2.1

Desde la noche anterior, a Alaric la idea de ir a visitar a Naia le ponía mucho más nervioso que antes. A lo mejor volvía a encontrarse en la Casa de la Muerte (como ya la había bautizado). ¿Qué estaría sucediendo allí? Estaría llena de policías y forenses, sin duda. La propiedad estaría acordonada. Habría equipos de televisión y reporteros, y los vecinos tratarían de mirar por encima del muro o de entrar en el jardín; algunos incluso alquilarían barcas para lograr ver algo o hacer alguna foto desde el río.

A fin de evitar pensar en todo eso, intentó concentrarse en aspectos más mundanos de la vida en su propia casa, lo cual significaba ayudar a Liney a recoger el desorden que habían organizado ellos mientras el equipo de limpieza hacía su trabajo en el resto de la casa. La cocina era lo peor, con botes de pintura, pinceles y disolvente por todas partes. No había forma de llegar a los fogones, así que Liney encargó pollo frito por teléfono.

—Me siento fatal por no poder ofrecerte un alimento mejor —le dijo a Alaric.

—Haces bien —repuso él, hincando el diente.

Fue mientras comían cuando su tía empezó el interrogatorio.

—¿Cómo te sientes ahora ante lo de tu padre y Kate? ¿Te vas acostumbrando a la idea o...?

—Ella lo quiere por el dinero —contestó él con aspereza.

—¿El dinero?

—La compensación.

—Ah, la compensación, se me había olvidado.

—Seguro que a ella no. Al menos serán doscientas mil libras, ¿sabes?

—Bonita suma —comentó Liney—. No me importaría tenerla. Pero dudo que sea suficiente para que una mujer inteligente se líe la manta a la cabeza y se lance a la aventura con un vago como tu padre. Hay que estar bastante desesperada para eso.

—A lo mejor lo está.

—¿Te pareció una cazafortunas cuando la conociste?

—Es muy lista —contestó él con brusquedad.

Sin embargo, no eran más que palabras pronunciadas en caliente. La verdad era que los sentimientos de Alaric hacia Kate ya no eran tan claros como lo habían sido. Unos días atrás la odiaba, pura y llanamente. Era una extraña que estaba a punto de entrar en su vida por imposición. Qué importaba que su vida fuera una marcha sombría, carente de luz y esperanza; Kate Faraday no tenía lugar en ella. Sin embargo, eso había sido antes de Naia, antes del otro Withern Rise y del encuentro fortuito en el cementerio. Ahora ya no estaba seguro de lo que sentía por Kate. Casi prefería lo anterior. Cuando se odiaba a alguien, sabía uno a qué atenerse.

Por la tarde, puesto que necesitaba otras cosas en las

que pensar, se dirigió al pueblo a ver a Len y a Mick. Ninguno de los dos estaba en casa. Se fue hasta Stone, miró los escaparates, se aburrió enseguida y volvió a casa paseando por el puente del astillero. Sin embargo, no entró de inmediato, sino que se fue al jardín sur, al árbol Genealógico. Lo había estado aplazando, pero ya no podía hacerlo más. Había trepado a ese árbol cuando era pequeño, había gateado por sus ramas, grandes y pequeñas, cuanto había querido, había jugado allí arriba, solo o con amigos, hasta los trece o catorce años. En aquellos tiempos, le había parecido el mejor árbol del mundo. Sin embargo, después de la noche anterior lo miraba con suspicacia. Le ponía nervioso. Hasta entonces nunca se había preguntado por qué el árbol era una escala entre realidades, pero esa mañana se había despertado con una idea que se había ido afirmando a lo largo del día y que aún ocupaba su mente: era el árbol, y no los Caprichos, lo que conectaba las diferentes realidades.

Intentó razonarlo como habría hecho Naia, empezando por la suposición, inverosímil incluso para él, de que cuando las extremidades de un árbol caen o se podan la conexión entre las partes separadas aún se mantiene. Las reproducciones de la casa bajo la cúpula de cristal habían sido talladas en madera del árbol y estaban, en consecuencia, conectadas con éste... y entre sí. El vínculo físico, y el intercambio resultante, podría, o no, haber sido desencadenado por los «factores» de Naia. Ninguna reproducción de la casa lo había atraído hasta el Withern Rise habitado por la familia que no era Underwood, de eso estaba seguro. Pero entonces había sido otra cosa.

Los troncos. También debían de haber estado unidos en un principio al árbol Genealógico, tal vez fueran parte de esa rama que había caído una noche de mucho viento. Cuando uno de los troncos se había utilizado para matar al anciano a golpes, el árbol del que procedía había absorbido el dolor infligido por su antiguo componente y lo había transmitido a otras versiones de sí mismo en las realidades vecinas. Alaric, que se estaba protegiendo tras uno de ellos, había recibido la emoción con toda su fuerza. La ligera sacudida que había notado mientras intentaba sobreponerse a ese desconsuelo sobrecogedor significaba que su árbol lo estaba transportando a la realidad en la que se había iniciado esa angustia. Supuso que sería una transferencia involuntaria, algo que el árbol no podía evitar ni controlar. Llevaba todo un siglo en el jardín, creciendo y madurando sobre el cuerpo del fundador de Withern. Durante esas diez décadas, el árbol había estado expuesto a los sentimientos de todos los que habían trepado a él, de los que se habían apoyado en él, de los que habían vivido sus vidas a su alrededor. Al estar allí, en el centro de todo, en el centro del jardín, el árbol Genealógico se había vuelto vulnerable a toda la gama de emociones humanas, había desarrollado la capacidad de transportar a los Underwood afectados emocionalmente —al menos a dos de ellos— entre las distintas realidades en las que él se encontraba. En cuanto a por qué Alaric no había sentido dolor cuando había sido transferido de un árbol a otro, ¿podía ser que partiendo del árbol mismo todo fuera más «directo»?

Era una locura, por supuesto. Puras idioteces. ¿Un árbol con sentimientos? Absurdo. Fantasía. Y aun así... todo encajaba. Sin embargo, tanto si había acertado como si se equivocaba por completo, sabía que tenía que contárselo a Naia. Al ser ella tan fastidiosamente inteligente, era posible que viera un montón de fallos en su razonamiento, pero se sentía obligado a avisarla. Si él tenía un poco de razón en lo del árbol, a lo mejor Naia se apoyaba en el tronco en algún momento y se veía transportada a un Withern Rise que nunca querría haber visitado; uno plagado de lobos hambrientos de Naia, tal vez. Eso sí que daba que pensar.

2.2

Las amigas de Naia habían vuelto a llamar y le habían enviado mensajes de texto preguntando si quería ir a alguna parte o hacer algo, pero ella seguía negándose. Encadenada a la casa por si aparecía Alaric, el punto culminante del día fue cuando les trajeron los nuevos muebles de comedor para la sala del río. Ya era bastante tarde y su madre y ella estaban cenando en unas bandejas mientras veían un DVD que habían alquilado en el quiosco. Cuando sonó el teléfono y su madre dijo: «Ése debe de ser tu padre», ella contestó: «Bueno, pues dile que llame más tarde.» Puede que le hubiera perdonado que tuviera una aventura en otra realidad, pero ¿cómo se atrevía a interrumpir una película que hacía tanto que quería ver?

Iván había llamado para decir que había decidido arriesgarse y viajar a pesar del mal estado de las carreteras. Alex se lo discutió, pero él se mantuvo firme. Llegaría a casa al día siguiente y no había más que hablar.

—Me viene muy mal —dijo ella—. Tendré que echar a patadas a mi amante.

—Todos tenemos que hacer sacrificios —contestó él.

Más tarde, Naia se sentó en la cama hojeando las páginas más recientes del álbum familiar puesto al día. Toda su vida estaba documentada en ese álbum. Entonces se dio cuenta de que la madre de Alaric habría confeccionado un álbum similar. Más que similar: idéntico en todos los sentidos, excepto en que...

De pronto se irguió. ¿Cómo no se le había ocurrido antes?

Se deslizó hacia la cabecera de la cama hasta quedarse sentada sobre los almohadones y empezó a revisar el álbum una vez más, desde el principio. Había una foto de ella, de cuando tenía dos años y medio, con un vestido de verano de color azul. Entonces tenía el pelo más claro, atado en una coleta en lo alto de la cabeza que se desparramaba como una fuente desde un coletero lila. Si había una fotografía de Alaric en esa misma página de su álbum, ¿qué llevaría puesto? Seguramente no un vestido de verano y un coletero. Pasó más páginas, recorriendo despacio los años y las fotografías de sí misma con diferentes edades y en diferentes etapas. Cuando veía instantáneas de ella con amigos, imaginaba que en el álbum de Alaric había sendas fotos de él con diferentes amigos. ¿Qué amigos? ¿Los conocía ella en su realidad? ¿Le caían bien?

Y luego estaban las fotos de las vacaciones. ¿Habría ido Alaric de vacaciones con sus padres a los mismos sitios que ella, al mismo tiempo? ¿Habrían hecho las mismas cosas exactamente de la misma forma? ¿Tendrían las mismas fotografías, sólo que con él en lugar de ella? Llegó a una instantánea de hacía cinco o seis años en una playa de Pembrokeshire. Salían su madre y ella con unos cucuruchos. Justo antes de que su padre apretase el obturador, habían metido la nariz en el helado. ¿Tendría el álbum de Alaric una fotografía de su madre y él con manchas de helado en la nariz?

¿Y aquella tía suya? Una tía que ella no tenía. Alaric

no le había querido hablar de ella, pero había mencionado su nombre. Algo parecido a Lena o Limey. ¿Limey? A lo mejor era un apodo. A lo mejor también salía en algunas fotografías del álbum de Alaric. ¿Dónde? ¿En qué páginas? ¿Y qué fotografías habría en esas páginas de su propio álbum?

Y luego estaban las fotos de los últimos dos años. ¿Habían seguido Alaric y su padre haciendo fotografías cuando se quedaron solos? Era poco probable, pero, aun en ese caso, ¿las habían colocado en el álbum? También lo dudaba. Unas personas que descuidan una casa hasta ese punto no se molestarían en poner al día el álbum familiar. Fueron las diferencias necesarias entre los dos álbumes lo que decidió a Naia a darle tiempo a Alaric hasta las diez de la mañana para que fuese a verla. Su padre llegaría en algún momento de la tarde, así que tendría que ser por la mañana. Si Alaric no se había presentado a las diez, iría ella a verlo a él y se llevaría el álbum consigo. A lo mejor él no querría mirarlo, pero eso era problema suyo. Naia insistiría en compararlo con el de él. Quizás incluso valía la pena arriesgarse a tropezar con esa tía anónima.

Día uno

1.1

El padre de Alaric había llamado bastante tarde por la noche para decir que Kate y él llegarían al día siguiente, con nieve o sin ella. Eso había producido un efecto electrizante en Liney, que se había levantado al alba y se había puesto a trajinar por el piso de abajo, infligiendo a la casa su peculiar concepto de orden. Cuando Alaric bajó y se la encontró en la trascocina con un gran cesto de ropa, decidió que era buen momento para esfumarse.

—Tengo que salir —dijo.

—Aún no has desayunado —le dijo su tía, metiendo la colada en la lavadora.

—Me llevaré una barrita de cereales.

—Bueno, pero antes baja toda la ropa sucia que tengas, ¿quieres? Y también esa pila que hay en el armario de tu padre. No veo cómo voy a conseguir tenerlo todo listo antes de que lleguen. Es culpa mía, por haberme permitido dormir anoche. Y después de la lavadora tengo la plancha y luego...

—No tienes que hacer todo eso —interrumpió él con impaciencia—. No es trabajo tuyo.

—Claro que no es trabajo mío —contestó ella—, pero ponte en el lugar de Kate. ¿Qué te parecería llegar a un nuevo hogar y tener que convertirte en la fregona de la casa cinco minutos después de haberte quitado el abrigo?

Alaric subió al primer piso, recogió toda la ropa mugrienta que encontró y la bajó a la lavadora cargándola de costado, apartando la nariz del montón, ya que algunas prendas no tenían un aroma demasiado agradable.

—¿Es que no sabe utilizar la lavadora tu padre? —preguntó Liney al ver la pila de ropa—. ¿Ni tú tampoco, para el caso?

—Nos las arreglamos.

—No demasiado bien, por lo que veo. La ropa no se lava sola, ¿sabes?

—Tengo que irme —dijo él.

—Los hay que tienen suerte.

—Me voy por la parte de atrás.

—¿Por qué por la parte de atrás?

—Para ver el río.

No iba a salir por la parte de atrás, pero no podía arriesgarse a que no lo viera salir por la puerta principal. Se puso la parka y las botas y avanzó haciendo bastante ruido hacia la puerta del porche trasero, giró la llave y abrió la puerta haciendo también mucho jaleo, luego subió al piso en silencio. Ya estaba en su habitación, acercándose al Capricho, cuando recordó el álbum. La noche anterior lo había subido para llevárselo consigo esa vez y compararlo con el de Naia. Ella también tendría un álbum familiar; uno completo. Cogió la bolsa del supermercado y colocó la mano libre sobre la cúpula del

Capricho esperando con fervor que, si funcionaba, lo llevara a la realidad de Naia y no a cualquiera de las demás.

1.2

Las diez y cuarto y Alaric sin llegar. Bueno, había tenido su oportunidad. Con la bolsa del súper en la mano, Naia se colocó frente al Capricho, que había vuelto a dejar en la estantería para que fuera más fácil utilizarlo. Puso la palma de la mano libre sobre el fanal e hizo lo posible por desear ver a Alaric. Habría sido más entusiasta de no haber estado temiendo la agonía que le esperaba. Sintió un cosquilleo en la mano y se preparó como pudo..., pero entonces, para su sorpresa, la habitación desapareció y se encontró fuera, bajo el árbol, antes de haber sentido ningún dolor. No obstante, la velocidad de la transición le dejó poco tiempo para alegrarse, pues enseguida empezó a formarse otra habitación a su alrededor.

Su propia habitación.

Tras llegar a la conclusión de que debía de haber hecho algo mal o que no lo había deseado lo bastante, cerró los ojos y se concentró en Alaric, la habitación de Alaric, el Withern Rise de Alaric. De nuevo ese cosquilleo, después un breve dolor le subió por el brazo y sus pies se hundieron en la nieve, el frío la envolvió. Abrió los ojos. El gran árbol que extendía su enorme copa sobre ella era translúcido y en algún lugar se formaba de nuevo una habitación, la suya. Volvía a estar otra vez allí, junto a la estantería y el Capricho.

Su frustración, pese a ser considerable, duró poco.

Antes de poder realizar un tercer intento, empezó a tener lugar un tira y afloja entre el árbol y su habitación. Tan pronto estaba en el jardín como dentro de la casa, luego fuera, después en su habitación; mareada, tambaleante, cada vez más asustada, incapaz de detener el vaivén, de analizar la situación, de tomar aliento. Entonces, de pronto, salió disparada a toda velocidad hacia el tronco. Se protegió la cabeza con los brazos, esperando lo peor, pero justo antes de llegar al árbol una figura apareció de la nada, chocó contra ella y ambos bracearon para mantener su posición.

A Alaric le había sucedido lo mismo, se había visto arrastrado sin remedio de la habitación al jardín y del jardín a la habitación, y al final se había visto lanzado contra el árbol, donde alguien —Naia— se abalanzó sobre él y de pronto se puso a competir por el espacio que ambos debían ocupar. Forcejeando como animales atrapados, lucharon por mantenerse separados, aferrándose a su identidad, mientras sus realidades gemelas pugnaban por fundirlos en uno solo por lógica pura y sencilla.

—¡No! ¡No! ¡No somos...!

—¡La casa! ¡Piensa...!

—¡No somos el mismo!

—¡... la casa! ¡Dentro de la casa!

A su alrededor se cerraron paredes y un techo. Dos habitaciones superpuestas con imprecisión, dos personas a punto de convertirse en una sola, ambas resistiéndose.

—¡Sepárate! ¡Sepárate!

El jardín los reclamó, pero sólo los retuvo unos instantes entre temblores antes de que la habitación volviera a atraerlos. De nuevo el jardín, de nuevo la habitación, el jardín, la habitación, para un lado, para el otro, forcejeos, pero se fundían en un solo cuerpo, una vida, una hist...

—¡No! ¡Somos dos! ¡Concéntrate! ¡Somos diferentes!

Pausa. El tiempo se detiene.

Entonces, las habitaciones se dividen poco a poco, a un ritmo ínfimo.

—Creo que está funcionando.

—Sí.

—Ah... ¡Espera!

En el jardín que desaparece, alcanzan las bolsas que se les han caído en el forcejeo.

—¡Vale! ¡Ahora! ¡Sepárate!

Muebles, libros, cuadros, recuerdos queridos de la infancia.

Separados. Solos.

Un leve sonido de resquebrajamiento, como una cáscara de huevo. La cúpula de cristal sufre una implosión. La casa tallada en madera se dobla sobre sí misma. En habitaciones separadas, dos fanales, dos casas perfectamente reproducidas se hacen añicos sin remedio.

1.3

Naia estaba demasiado entumecida para moverse. Había caído en su butaca y, cuando su madre llamó a la puerta, continuó allí sentada, mirando fijamente al pequeño montón de cristales rotos y astillas de madera. La base circular, tallada hacía mucho y de un árbol diferente, era todo lo que quedaba.

—Ah, aquí estás. ¿Por qué no me contestabas? Escucha, ¿sabes el...? —No llegó a terminar la frase. Ahogó un grito—. Dime que eso no es el Capricho. Ay, ¿qué ha pasado?

Naia seguía sin encontrar una respuesta. En lo único en que podía pensar era que jamás podría recibir a Alaric otra vez, ni visitarlo, ¡y tenían tantas cosas por resolver aún! Sin embargo, no sólo lamentaba que se perdieran esos conocimientos. Con el tiempo, ella habría logrado apaciguar esa arraigada beligerancia de él y, cuando el verdadero Alaric surgiera de su concha de desesperanza, habrían estado más unidos aún que hermano y hermana. ¿Cómo no iban a estarlo, sabiendo de primera mano todo lo que sabían de la vida del otro?

—Oh, Naia, no tendría que haberte dejado subir el Capricho aquí.

Naia comprendió entonces que su madre la creía culpable de lo ocurrido. Pero ¿qué podía decir? ¿Qué excusa verosímil podía alegar? El modelo de la casa, lo mejor que había hecho su madre jamás, parecía haber recibido repetidos impactos de una bola de demolición en miniatura desde todos los ángulos hasta que no había quedado nada de él. La consternación de Alex dejó paso al enfado. Se volvió de golpe.

—¿Y bien? ¿No tienes nada que decir en tu defensa?

Naia se amilanó. Su madre no perdía los estribos muy a menudo, pero cuando lo hacía era mucho más imponente que su padre preso de uno de sus balbuceantes ataques de furia.

—¿Y qué haces aquí arriba con las botas puestas? ¿Botas llenas de nieve, en tu cuarto? Naia, ¿qué es esto? ¿A qué estás jugando?

Naia no había tenido ocasión de quitarse las botas ni el abrigo. Ni siquiera había dejado la bolsa, sólo se había desplomado en el asiento, jadeante, derrotada, agotada.

—¡Por Dios, hija, que ya va siendo hora de que te comportes con responsabilidad! A veces creo que no tienes ni una pizca de sentido común. Me... ¡Me has decepcionado mucho!

Y, dicho esto, Alex Underwood salió de la habitación con lágrimas en los ojos por una pérdida que ni siquiera ella podía explicarse.

1.4

Sin saber por qué, Alaric había sacado el álbum familiar de la bolsa de plástico y se había puesto a pasar páginas. Tal vez fuera la necesidad de distraerse, de evitar pensar en lo que de pronto era inaccesible, en la magnitud de lo que había perdido.

Fuera cual fuese la razón, cuando empezó a encontrar las diferencias, eran tan claras que lo dejaron sin aliento. El babero fue una de las primeras. Lo que debía haber sido un babero azul cubierto de elefantitos, era uno rosa con lindos conejitos por todas partes. Después encontró fotografías de él acunando muñecas, con lacitos en el pelo. No fue hasta llegar a una fotografía de un alegre bebé de un año de pie en una tina llena de espuma (¡menuda impresión!) cuando todo quedó claro. Se preguntó si Naia se habría dado cuenta ya de que habían cogido la bolsa equivocada en el jardín. Ella iba a tener graves problemas para explicar la procedencia del álbum de él. Alaric lo guardaría en algún sitio y negaría saber nada si su padre preguntaba por él. Él no tenía mucho de que preocuparse. Su padre nunca miraba esas fotografías. No deseaba recordar el pasado. Sin embargo, las Alex Underwood no eran así. A ellas les gustaba saber dónde estaba todo en todo momento. Sólo por esa vez, se alegró de no encontrarse en el lugar de Naia.

Casi todas las fotografías del álbum de ella tenían una contrapartida fiel en el álbum de él. La única persona que faltaba era Liney. No es que en su álbum hubiese muchas fotos de su tía, pero en ése no había ninguna, porque por supuesto no podía haberlas. Algunas fotografías habían sido sustituidas, sobre todo instantáneas que la madre de él había desechado al montar el álbum. Las fotografías de Naia eran las más interesantes. Allí donde aparecía él en su álbum, en ése aparecía ella, en los mismos lugares, haciendo lo mismo, en el mismo instante congelado. En la mayoría de las fotos más antiguas, con petos unisex y pijamas parecidos, podrían haber sido el mismo bebé; pero a medida que pasaban los años ella aparecía con vestidos, faldas y sandalias de niña, había empezado a llevar joyas de plástico, se había dejado crecer el pelo hasta los hombros o lo llevaba recogido en trenzas o moños. Sin embargo, incluso en ésas, su expresión difería muy poco de la de él en sus fotos correspondientes.

Y no era sólo las fotografías. Ese álbum, igual que el de Alaric, tenía una muesca en la gruesa cubierta verde porque una vez se había caído al suelo. Y también tenía una pequeña mancha marrón —de café derramado— en una fotografía de Naia con su padre, intentando parecer aterrorizada junto a un dinosaurio de tamaño natural en el parque temático de Blackgang Chine: una réplica exacta de la mancha de esa misma foto en el álbum de él, en la que él aparecía haciendo muecas con su padre.

Con dedos temblorosos llegó al momento crucial, a la primera de muchas páginas que en su álbum estaban vacías. Volvió la página. No había fotografías de los dos o tres meses posteriores al accidente, pero cuando empezaban lo hacían con profusión, como si Iván, que se había convertido de repente en el fotógrafo de la familia, se hubiese decidido al fin y quisiera dejar constancia de cada acontecimiento, de cada visita y cada situación. Había muchísimas fotografías de Alex, al principio bastante débil y mucho más delgada, apoyada en un bastón para caminar, luego cada vez más recuperada de su trance, cogiendo fuerzas y recobrando el color a medida que la primavera dejaba paso al verano y ellos empezaban a salir más. Alaric reconocía los lugares de unas cuantas fotografías, pero había muchas que no le decían nada. Si su madre hubiese vivido, su álbum —el que ahora estaba en manos de Naia— habría contenido fotografías como ésas, idénticas en todos los sentidos salvo por que aparecería él en lugar de ella.

1.5

La última nevada había caído a la hora de comer. Al comienzo de la tarde, el sol asomaba entre las nubes. Su padre podía llegar en cualquier momento, así que Naia salió por la verja lateral y torció hacia la derecha. Subió los escalones del cementerio. Una vez allí, recorrió con la mirada el recinto nevado. Allí no estaba enterrada ninguna Alex Underwood, desde luego, pero ahora que se veía privada de todo acceso al mundo de Alaric quería intentar identificar el lugar donde se encontraría en su propia versión del cementerio. Pensó que habrían elegido un lugar con alguna relevancia o algún significado, aunque no podía imaginar qué ni dónde podría ser. El sol proyectaba su sombra ante ella, alargada y azul, mientras avanzaba por entre las lápidas en busca de inspiración, deseosa de dejarse llevar por alguna intuición. No tuvo ninguna, pero al cabo de un rato se encontró cerca del muro cubierto de hiedra que separaba el cementerio de la casa. Allí su mirada recayó en una lápida en la que no se había fijado antes. Siempre había estado allí, pero a ella nunca le había gustado pasar el rato en los cementerios. La lápida estaba recostada contra el muro, casi con cansancio, enmarcada por la hiedra. Leyó la inscripción que tenía grabada.

ALDOUS UNDERWOOD
AMADO HIJO Y HERMANO
1934-1945

Frunció el ceño. ¿Otro Aldous? De pronto el mundo estaba lleno de Aldous. Primero el obispo que descansaba bajo el árbol Genealógico, luego el redactor de la carta misteriosa y ahora un niño de once años con ese mismo nombre. El niño había muerto el último año de la Segunda Guerra Mundial. ¿Víctima de la guerra o de alguna enfermedad o algún accidente sin ninguna relación con ella? Un Underwood, en ese cementerio, debía de ser pariente suyo y seguramente habría vivido en Withern. Según sus cálculos, había muerto diecinueve años antes de que naciera su padre, no hacía mucho, en realidad, y aun así... jamás había oído hablar de él.

Ah, bueno.

Se volvió, todavía sin ninguna idea sobre dónde podrían haber enterrado a la madre de Alaric ni sobre qué hacer con el álbum familiar que se había llevado consigo por error. Un álbum lleno de fotografías de un niño en lugar de ella, con dos años de páginas vacías: páginas que su madre acababa de rellenar.

1.6

Alaric se sentó en el suelo de su cuarto mirando hacia la ventana negra, carente por una vez de copos de nieve. Abajo, en la cocina, Liney cantaba más demencialmente que nunca mientras preparaba una comida «especial». No quería ni imaginar qué significaría «especial». En realidad no le importaba. Todo había terminado. Eso era lo único que sabía.

Ya había visto todo lo que vería jamás del otro Withern Rise, de cómo habrían sido las cosas, cómo podrían haber sido. Desde luego, aún le quedaba el árbol. A saber qué podría hacer el árbol, adónde podría llevarlo si...

No. Todo había terminado. Era hora de afrontar la realidad, su propia realidad. Y la verdadera situación: que su madre no iba a volver, que en su lugar estaría Kate, que las cosas serían diferentes. A lo mejor no le iría tan mal. Kate le caía bien a su madre, es decir, a la madre de Naia, y eso ya le parecía suficiente. Tenía que serlo. No tenía nada más.

El sonido del viejo timbre recorrió la casa, levantando ecos. La señal para ponerse en marcha. Se levantó y salió al descansillo, donde se quedó de pie mirando abajo. No veía todo el recibidor desde allí, pero oyó que Liney abría la puerta y pronunciaba un saludo. Y luego la respuesta brusca de su padre:

—No sé, la puerta cerrada y yo sin poder entrar en mi propia casa.

—Precauciones de seguridad —repuso Liney—. ¿Cómo estaba la carretera?

—¿La carretera? No me hables de la carretera. Parecía que no se hubieran inventado los quitanieves. Aquí estamos, en pleno siglo XXI, y...

—Cierra el pico, bobalicón, y preséntanos.

—¡Hmmm! Liney, ésta es Kate. Kate, ésta es la vieja bruja loca de la que te he hablado.

—¡Kate!

Alaric se imaginó a Liney extendiendo las manos, abrazándola hasta no dejarla respirar y luego haciéndola entrar en casa. Oyó cómo se cerraba la puerta, pies que pisaban con fuerza en la alfombrilla y a su padre preguntando qué se estaba quemando y de dónde salía todo ese calor. Liney contestó ambas preguntas. Iván pareció bastante contento con la segunda respuesta.

—Me doy la vuelta un momento y... —Vio la sala alargada por la puerta abierta a su izquierda—. ¡Madre mía!

—Nos diste permiso, ¿recuerdas? ¿No te gusta?

—Te lo diré cuando me recupere de la impresión.

—No es mía toda la culpa —dijo Liney—. Ese hijo tuyo... Menudo esclavista. Y qué perfeccionismo.

—Por cierto, ¿dónde está?

Su padre avanzó por el recibidor, Kate y Liney lo siguieron, charlando ya como si fueran íntimas. La Kate Faraday a la que Alaric contempló desde lo alto del descansillo era una Kate a la que casi había olvidado —alegre, entusiasta, cálida—, y no la zorra calculadora en la que su imaginación la había convertido. Ella lo vio antes que nadie.

—¡Alaric! —exclamó, como si hubiese encontrado a un familiar con el que había perdido el contacto.

A él no le salieron las palabras en ese momento, pero logró saludar débilmente con la mano mientras caminaba hacia la escalera. «Bueno, allá vamos», pensó, y tragó saliva. Sintió una presión peculiar en el pecho mientras bajaba.

Vuelta atrás: Alternativa

... forcejearon como animales atrapados, lucharon por aferrarse a su...

—¡No! ¡No! ¡No somos el mismo!

—¡La casa! ¡Piensa en la casa! ¡Dentro de la casa!

A su alrededor se cierran paredes y un techo. Dos habitaciones, dos personas que se funden en una sola.

—¡Sepárate! ¡Sepárate!

El jardín los reclamó, pero los retuvo sólo unos instantes antes de que la habitación volviera a atraerlos. De nuevo el jardín, de nuevo la habitación, el jardín, la habitación, el jardín, la habitación, para un lado, para el otro, enredados, entrelazados, un cuerpo, una vida, una hist...

—¡No! ¡Somos dos! ¡Concéntrate! ¡Somos diferentes!

El tiempo se congela. Las dos habitaciones se dividen poco a poco.

—Creo que está funcionando.

—Sí.

—Ah... ¡Espera!

Alcanzan las bolsas que se les han caído en la nieve.

—¡Vale! ¡Ahora! ¡Sepárate!

A su alrededor: muebles, libros, cuadros, recuerdos queridos de la infancia.

Los que no eran.

Aun así, qué importa, siempre pueden...

Un leve sonido de resquebrajamiento. Derrumbe. Desintegración. En habitaciones separadas, en universos separados, la perfección queda hecha añicos sin remedio y los deja varados.

En la realidad que no es.

—Oh, no, no.

En la vida que no es.

Día uno

1.1a

Sentado en la butaca de Naia junto al limpio montón de cristal y madera de la estantería, Alaric casi no oyó que llamaban a la puerta. Cuando se abrió, no se movió. ¿Para qué? No tenía escapatoria.

—Ah, aquí estás. ¿Por qué no me contestabas? Escucha, ¿sabes el...?

Alex olvidó al instante lo que fuera que quería. Se quedó mirando estupefacta el rostro que le devolvía una mirada de impotencia. Los ojos de ambos se encontraron y, en ese momento, les resultó imposible dejar de mirarse o siquiera parpadear. Sin embargo, Alaric percibió algo por el rabillo del ojo. Un movimiento, un cambio. Formas y colores que se reorganizaban a su alrededor. Sólo cuando la habitación quedó otra vez inmóvil pudieron parpadear, y al hacerlo pudieron desviar la vista. Alaric miró en derredor. Las cosas de Naia habían desaparecido. Su ropa, la bata de detrás de la puerta, los viejos juguetes y muñecas, el maquillaje y las joyas, los pósters, las revistas, todos los móviles, las velas y las varillas de incienso colocadas estratégicamente. Todo lo que era particular de Naia Underwood había dejado de existir o se había convertido en su equivalente masculino. Incluso el papel de las paredes, las cortinas y la funda del edredón se habían hecho más «de Alaric». Estaba aún maravillándose, intentando comprender, cuando Alex sintió un pequeño escalofrío y se echó a reír.

—Alguien ha caminado sobre mi tumba —dijo.

Parecía que los cambios no la habían perturbado. Ni siquiera estaba un poco sorprendida. Hasta que...

—Dime que eso no es el Capricho. Ay, ¿qué ha pasado?

Alaric se quedó sentado, demasiado confuso para pensar en responder siquiera. ¿Por qué ya no parecía la habitación de Naia? ¿Por qué no quería su madre saber qué hacía él allí?

—Oh, Alaric. No tendría que haberte dejado subir el Capricho aquí.

Lo había llamado Alaric. ¿Cómo sabía su nombre? ¿Y qué quería decir con eso de que no tendría que haberle dejado...?

Alex se volvió de pronto hacia él con el rostro contraído por la cólera.

—¿Y bien? ¿No tienes nada que decir en tu defensa?

Alaric se amilanó. Había olvidado lo imponente que podía ser su madre cuando perdía los estribos.

—¿Y qué haces aquí arriba con las botas puestas? ¿Botas llenas de nieve, en tu cuarto? Alaric, ¿qué es esto? ¿A qué estás jugando? ¡Por Dios, hijo, que ya va siendo hora de que te comportes con responsabilidad! A veces creo que no tienes ni una pizca de sentido común. Me... ¡Me has decepcionado!

Y la antigua madre de Naia se echó a llorar.

1.2a

Naia estaba sola en la habitación de Alaric cuando las cosas de él desaparecieron o se convirtieron en las de ella. Vio cómo la habitación se transformaba en su propia versión, aunque más ajada y triste, con sus móviles, aunque menos, y con más polvo. Muy alarmada, ansiosa por ver más cosas fuera de la habitación, abrió la puerta sin saber por qué... y reprimió un grito. Y es que se encontró con una desconocida, desgarbada y vestida con vivos colores, de pelo desgreñado y con unas joyas que parecían hechas por un albañil con resaca.

—Naia —dijo la terrorífica extraña—, ¿piensas acabar el Escher o mejor lo guardo?

Como no tenía ni idea de qué hablaba esa aparición, Naia masculló algo ininteligible y cerró la puerta enseguida. Se apoyó contra ella, comprendiéndolo todo con un terror repentino. El Capricho de Lexie estaba destrozado. No había forma de volver. Estaba atrapada allí para siempre y la realidad de Alaric se había adaptado para asumirlo. Para asumirla a ella. La mujer del otro lado de la puerta, la tía, claro, pensaba que la conocía desde siempre, cuando en realidad hacía sólo un minuto que únicamente la había oído. Para la tía, y para todos los demás, Alaric Underwood jamás había existido. Siempre había sido Naia.

En cuanto sintió que sus piernas lograrían sostenerla, descendió a la planta baja. Poniendo cuidado en evitar a la tía, se endosó el abrigo y se calzó las botas (que la estaban esperando en el lúgubre recibidor de Alaric) y abrió la puerta principal. Iba tan ensimismada mientras salía al camino de entrada, que tardó en oír el seco sonido de algo que se deslizaba por el tejado. Sólo cuando ese resbalar se convirtió en un repiqueteo amortiguado, alzó la mirada... y saltó a un lado justo a tiempo. Aunque no lo bastante.

Una teja suelta le rebotó en el hombro y se clavó en la nieve, a sus pies. Naia se quedó mirando la muesca triangular que le había hecho en el tejido de su abrigo. Si no se hubiese apartado cuando lo hizo, la teja le habría partido la cabeza. Se alejó mucho más de la casa, turbada por la idea de que tal vez ahora existía una nueva realidad, desde hacía apenas unos segundos, en la que una Naia Underwood que no había sido lo bastante rápida estaba tirada en el suelo con sangre brotándole de la cabeza y manchando la nieve.

1.3a

Alaric había recorrido el jardín varias veces. Necesitaba un espacio abierto para pensar y el jardín era un buen sitio, con suficientes lugares para esconderse y escapar de las miradas ociosas desde las ventanas de la casa.

—Estoy aquí para siempre —se dijo mientras daba unos pasos—. Estoy aquí. Para siempre.

No había vuelta atrás. Kate Faraday no iría a vivir con ellos. Allí no había ninguna tumba descorazonadora, ni ninguna tía Liney. Qué pena lo de Liney; no era tan horrible cuando empezabas a conocerla. Bueno, no se podía tener todo.

La mayoría del tiempo su mirada recaía en el suelo, justo delante de él, sin fijarse mucho en la dirección que seguía. Cuando descubrió que sus pies lo habían llevado hasta las raíces del árbol Genealógico, se detuvo de pronto y dio un paso atrás. No se atrevía a acercarse mucho a ese tronco. A saber dónde podía acabar... Incluso podía aterrizar de nuevo en su propia realidad. Dio media vuelta y se alejó deprisa.

1.4a

Caía la última nevada cuando Naia subía los escalones del cementerio. Una vez arriba se detuvo, intentando reunir valor para hacer lo que sabía que tenía que hacer. Dio unos pasos hacia la lápida más cercana y limpió la nieve. El nombre que apareció no significaba nada para ella. Se fue hasta la siguiente, y a la siguiente, y así fue quitando la nieve de una inscripción tras otra. Cuando ya había leído dieciocho, tenía las manos como el hielo. Sin embargo, al ver el decimonoveno epitafio en el nicho de hiedra bajo el muro, dejó de sentir frío.

ALEXANDRA UNDERWOOD
AMADA ESPOSA Y MADRE
1966-2003

Tendría que haberle servido de algo saber que no era la tumba de su madre de verdad, pero eso no la consoló mucho. Su madre seguía bien viva, sin embargo no volvería a ver su cara, no volvería a reír con ella, a pelearse ni a maquillarse con ella. Nunca más irían de compras juntas, no se acurrucarían en el sofá a hojear catálogos de ropa ni a ver en la tele escandalosos concursos que echaban a su padre de la sala mientras se tiraba de los pocos pelos que le quedaban. La vida sin su madre. ¿Cómo iba a soportarlo? Con ese pensamiento, al fin, llegaron las lágrimas. Enormes ríos de lágrimas y sollozos que le estremecían los hombros.

—¿Estás bien?

Se volvió. Con la vista borrosa, distinguió a un hombre que llevaba un abrigo negro, plantado allí donde debía de estar el sendero.

—Sí. —Se volvió de espaldas, avergonzada de que la hubieran visto llorar.

—¿Estás segura?

—Oh, desaparezca ya —repuso ella, en voz baja, aunque no lo suficiente.

—Tienes razón —repuso el hombre.

Naia miró por encima de su hombro y vio que se alejaba. Caminaba de una forma extraña, como un joven y como un viejo a la vez. Irradiaba algo triste que era difícil concretar. Como si estuviera perdido y abatido. Naia se sintió abochornada. El hombre no era un entrometido. Sólo pasaba por allí, la había oído sollozar y le había mostrado su inquietud. Se enjugó los ojos en la manga.

—¡Lo siento! —gritó—. ¡No quería decir eso!

El hombre se detuvo, pareció meditar su respuesta. Una vez decidido, desanduvo lo andado hacia ella. Naia rezongó por lo bajo. ¿Por qué no podía tener la boquita cerrada? Al acercarse, mientras la nieve crujía bajo sus pies, el hombre metió una mano en uno de sus profundos bolsillos.

—¿Quieres una bolita de anís?

—¿Cómo dice?

Al llegar junto a ella, se sacó del bolsillo una bolsa de papel muy gastada y la abrió con unos dedos nudosos y azulados. Naia miró dentro.

—No, gracias. Es malo para los dientes.

Eso debió de parecerle gracioso al hombre, porque sonrió a medias. Tenía unos dientes sorprendentemente bien conservados para su edad, y para alguien aficionado a los caramelos. Se echó a la boca dos bolitas de anís, que se convirtieron en sendos bultos en sus mejillas mal afeitadas, y volvió a guardarse la bolsa en el bolsillo. Masculló algo que ella no entendió. Sintiéndose a pesar suyo obligada a ser amable, Naia le pidió que lo repitiera. El hombre cambió de sitio el contenido de su boca.

—Digo que esto está muy tranquilo.

«Es un cementerio —pensó ella—. ¿Qué esperaba? ¿Bailarinas exóticas y luces de discoteca?»

—Sí —repuso.

—Mis compañeros y yo solíamos jugar aquí —dijo el hombre—. Parece que fue ayer. Trepábamos a los árboles, nos escondíamos entre las lápidas, hacíamos el payaso y esas cosas. Ya sabes. Nada malo.

A pesar de su cabello entrecano y su conducta más bien adusta, ese hombre irradiaba algo incongruentemente juvenil. La forma insegura en que se movía, cómo sacudía las manos, cómo miraba sin cesar en derredor.

—¿No sería tu madre, verdad?

—¿Mi madre? —El hombre observaba la lápida. Naia se estremeció—. No —contestó con mucho aplomo.

Sin embargo, sí se sentía afectada. Y además era su madre de verdad, allí. Para cualquiera de los de esa realidad, ésa era la tumba de su madre. Tendría que reconocerlo tarde o temprano. Pero ¿podría? ¿Debía hacerlo sólo porque los demás lo creyeran? ¿Debía vivir su vida como si su madre hubiese muerto, cuando sabía que no era así?

—Debe de ser para compensar —murmuró el hombre.

—¿Cómo dice?

—Nada. —Mordió con fuerza una bolita de anís y ladeó la cabeza como un pájaro para mirarla—. Ya te había visto, sí.

—¿Que me había visto?

—Oh, sí. Muchas veces. —El hombre se dio unos golpecitos en la sien izquierda—. Aquí dentro.

Naia metió enseguida las manos heladas en los bolsillos.

—¿Qué quiere decir?

El hombre no contestó. En lugar de eso, preguntó:

—¿Cómo te llamas?

Naia cayó en la cuenta. ¿Cómo podía haber sido tan inocente? Ese viejo verde se paseaba por sitios así con la esperanza de que apareciera alguna jovencita —o algún jovencito, seguro que no les hacía ascos— para poder convencerla de Dios sabe qué cosa. Dio un paso atrás, alejándose de él y de la tumba.

—¿Por qué no me dice cómo se llama usted? —espetó ella con aspereza.

No le importaba lo más mínimo cómo se llamaba, pero el cementerio estaba justo al otro lado de la calle del patio de su antiguo colegio. Eran las vacaciones de mitad de curso, pero a lo mejor ese personaje se lo pasaba en grande paseando por los alrededores. Si sucedía algo sospechoso cuando los niños volvieran al colegio, a la policía le gustaría tener algún nombre.

De nuevo, el hombre no respondió a la pregunta directa. Echó a andar otra vez por donde había venido antes, cuando Naia había cometido el error de disculparse. Su desprecio por él aumentó.

—¿Qué pasa? ¿Es un secreto? —le gritó.

—¿Un secreto? —Naia lo oyó mascullar y reírse un poco—: ¡Un secreto!

Miró cómo se marchaba, contenta de que cada huella en la nieve lo alejara de ella. Cuando el hombre llegó a los escalones, se volvió... sólo a medias. Naia se dispuso a salir caminando a toda prisa, a correr incluso, si se le acercaba por segunda vez. Sin embargo, el hombre no dio muestras de hacer nada de eso. Por el contrario, habló. En la quietud del aire, sus palabras, aun pronunciadas en voz muy baja, fueron bastante claras.

—Me llamo Aldous. Aldous Underwood. El único que ha existido.

Hizo una reverencia con la elegancia de un mago en el escenario, descendió los escalones y desapareció.

1.5a

Alaric estaba sentado en la habitación que había sido de Naia, en la butaca que ya había visto en tres realidades diferentes. El álbum familiar estaba abierto sobre sus rodillas. Esta vez era su propio álbum, no el de ella, y nada en él había cambiado —al contrario que la habitación— desde que lo había cogido en el jardín. En aquel álbum todo se correspondía a la perfección con aquella realidad, salvo por las últimas páginas, que deberían contener fotografías de los últimos dos años. Alaric imaginaba que la madre de Naia, una vez recuperada del accidente, habría colocado algunas fotos en esas páginas, pero en el álbum de él no había ninguna. ¿Cómo podría explicar eso? ¿Debería esconder el álbum y afirmar que no sabía nada de él para que su desaparición acabara siendo uno de esos misterios sin resolver que tiene la vida? Aunque sólo fuera en eso, Naia había tenido suerte, porque el padre de Alaric nunca abría el álbum. Ni siquiera sabía muy bien dónde lo guardaban.

Esos dos años que faltaban también iban a darle a Alaric otros quebraderos de cabeza. El cerebro de Naia contenía todos los recuerdos que los antiguos padres de ella ahora esperarían que tuviera él. Habría ocasiones en que se mencionarían las cosas que había hecho toda la familia, o con amigos, y haría falta algún comentario, algún recuerdo al menos. Tragó saliva al pensar en toda la improvisación imaginativa que iba a necesitar.

Sin embargo, era un precio muy bajo, nada comparado con lo que tendría que afrontar Naia. Cuando su antiguo padre regresara de Newcastle, sus recuerdos le dirían que era el padre de ella, que nunca había tenido un hijo, sólo una hija: una hija con la que había compartido una terrible pérdida. Allí nadie sabría que el dolor de Naia acababa de empezar. Alaric no podía hacer nada por remediar eso, pero esperaba que ella no creyera que él estaba tan tranquilo en su casa, en su habitación, entusiasmado por el giro que había dado su suerte a costa de la de ella.

Y, no obstante...

Lo invadió una exquisita sensación de bienestar. Abajo, en la cocina, en el lado de la casa más alejado de esa habitación que daba al río, Alex Underwood estaba preparando una cena especial para el regreso de su marido... y para su hijo. La casa irradiaba una calidez y un color que nunca había perdido, y todo iba a las mil maravillas. Volverían a ser una familia de verdad. Los tres. Igual que en los viejos tiempos.

1.6a

Los viejos tiempos volvían. Poco a poco, a su tiempo, pero volvían. Aldous recordaba muy poco del pueblo y de la pequeña ciudad adyacente, pero cada día se acordaba más de la casa y de su vida en ella cuando su cuerpo era joven. En uno de esos nuevos recuerdos se veía corriendo de habitación a habitación, escondiéndose de sus hermanas pequeñas y su hermanito. Las voces de sus hermanas eran agudas y excitadas.

Había una habitación en concreto: la habitación de la esquina derecha del piso de arriba. Por aquel entonces las ventanas habían tenido postigos de madera. Postigos de color granate con tablillas. Hacía una semana que había recordado esa habitación, de pie en ese mismo lugar, al otro lado del río. Había alguien en la ventana, un joven que debió de recordarle a sí mismo, puesto que al instante y con bastante intensidad le vino a la memoria que había ocupado ese cuarto. Aldous ansiaba entrar de nuevo en esa habitación y mirar desde allí el lento curso del río, como ya había hecho hacía toda una vida. El río había estado lleno de lirios cuando aquella vista era suya. Lirios y postigos: qué cosas más triviales. ¿Qué otras trivialidades acudirían a su mente para pasarle cuentas?

Hacía unos días se había acordado de su abuela y había sentido una calidez espléndida y maravillosa. Una mujercilla entrada en carnes, toda amabilidad y risas. Recordó estar sentado en sus rodillas mientras ella le leía; y estar encima de la mesa de la cocina, en camiseta y calzoncillos, mientras ella lo lavaba con una toallita suavísima que mojaba en un barreño de hojalata. El agua para lavarle procedía del barril de agua de lluvia que había a la puerta de la cocina, y la calentaban en un cazo de cobre en la cocina económica. Las noticias de las siete en punto siempre parecían sonar en la radio cuando la abuela lo bañaba. Los locutores hablaban mucho de los esfuerzos que debía hacer la población civil para ayudar a ganar la guerra.

Había caído la noche, pero junto al río reinaba la misma claridad que en todas las noches invernales que su limitada memoria podía recordar. Al mirar hacia la casa en la que estaba seguro de haber sido feliz alguna vez, Aldous sintió la repentina necesidad de estar más cerca. Entre la casa y él no había más que el curso del río. Dio un paso sobre el hielo cubierto de nieve y probó su solidez con un pie. Sostenía su peso. Bajó el otro pie. El hielo apenas se movía. Empezó a cruzar, dando un cuidadoso paso tras otro. Si se agrietaba y se abría, se ahogaría o moriría congelado. Nadie lo echaría en falta. Ya no quedaba nadie. De eso, al menos, estaba seguro.

Llegó a la mitad y se detuvo. Estar de pie sobre el río helado en la oscuridad resplandeciente era como estar entre dos mundos. Se quedó allí un rato intentando decidir hacia adónde ir: de vuelta a la orilla, donde era un extraño sin raíces; o hacia delante, al otro lado del hielo, hacia el hogar de su niñez. El escenario de su muerte, sesenta años atrás.

1.7a

Naia estaba sentada en la habitación que había sido de Alaric, en la butaca que era igual en ambas realidades. El álbum familiar estaba abierto sobre sus rodillas. Pronto tendría que quitar esas últimas siete u ocho páginas, guardarlas donde nadie pensara en buscar nunca.

No podía destruirlas. Jamás podría destruirlas. Eran todo lo que le quedaba de...

Tenía que afrontarlo. Ya no tenía madre. Otra vez. «Ya no tengo madre.» ¿Qué tal esa aceptación rotunda? Hiciera lo que hiciese en adelante, fuera a donde fuese, siempre sabría que su madre seguía con su vida en alguna otra parte... sin ella. La mujer que le había dado la vida ya no sabía que había tenido una hija. No la recordaría ni por un segundo. Se esforzó por no echarse a llorar otra vez. ¡Menudo día de aflicción y lágrimas secretas! ¡Menuda conclusión para todo lo que había ocurrido! ¡Atrapada para siempre en un mundo del que no sabía nada una semana atrás!

Tal como lo veía, tenía dos posibilidades. Una disyuntiva que, por una vez, era bastante evidente. Podía pasarse los días deprimida, triste y odiando al mundo por ese giro devastador; o podía intentar sacar el mejor partido de ello. Consideró la primera opción muy poco rato. De nada serviría despreciar a Alaric por haberle robado su vida —de todas formas, no lo había hecho adrede—, ni mortificar a Kate Faraday por estar allí en lugar de su madre. Ellos no eran el enemigo. El único enemigo era ella misma si se dejaba llevar por todo eso.

El sonido del timbre se oyó en toda la casa. Ya estaba. El gran momento. Volvió a meter el álbum en la bolsa de plástico, lo escondió bajo la cama que solía ser de Alaric y salió al descansillo. El corazón le latía con fuerza. Miró abajo. No veía todo el recibidor, pero oyó que la tía Liney abría la puerta de entrada y exclamaba unas palabras de bienvenida. Y luego el padre de Alaric:

—No sé, la puerta cerrada y yo sin poder entrar en mi propia casa.

—Precauciones de seguridad —repuso la tía.

A eso le siguió una pequeña conversación sobre el estado de la carretera, luego las presentaciones —Kate y la tía, la tía y Kate— y el sonido de unos pies que pisaban la alfombrilla con fuerza. Iván preguntó qué se estaba quemando y de dónde salía todo ese calor, exclamó:

—¡Madre mía!

Naia no oyó todas y cada una de las palabras, aunque en realidad no le interesaba demasiado, hasta que:

—Esa hija tuya... Menuda esclavista. Y qué perfeccionismo.

—Por cierto, ¿dónde está?

Y ahí estaba. La aceptación incondicional de una hija a la que no había visto nunca. Para Iván ya no existía Alaric. Nunca había existido. Naia vio a la versión alternativa de su padre avanzar por el recibidor. Era clavado al que ella había conocido toda su vida, salvo porque iba un poco más desaliñado y le hacía falta un corte de pelo. Kate y la tía iban justo detrás de él. Fue Kate la primera en verla.

—¡Naia!

Qué voz más cálida. Absolutamente genuina. No había nada falso ni interesado en Kate Faraday. Naia siempre lo había sabido, igual que su madre. Kate jamás habría intentado nada más allá de un ligero coqueteo con Iván si Alex hubiese estado viva.

Y entonces los otros dos también alzaron la vista, sonriendo. Fue como la escena final de alguna película sentimentaloide o de una serie de la tele en las que todo acaba bien. Que acaba bien... Si ellos supieran... No le salían las palabras. Lo más que logró fue saludar débilmente con la mano mientras caminaba hacia la escalera. «Bueno, allá vamos», pensó, y se aferró a la barandilla. La madera vieja, que ella y alguien más habían pulido hacía poco, le resultó extrañamente tranquilizadora.

Necesitaba toda la tranquilidad de la que lograra hacer acopio. Ahora estaba sola. Sola por completo en un mundo de desconocidos con rostros familiares. Mientras bajaba, aprovechando al máximo el apoyo que le brindaba la barandilla, sintió una presión peculiar en el pecho. Tenía en la garganta un nudo tan grande como una casa.

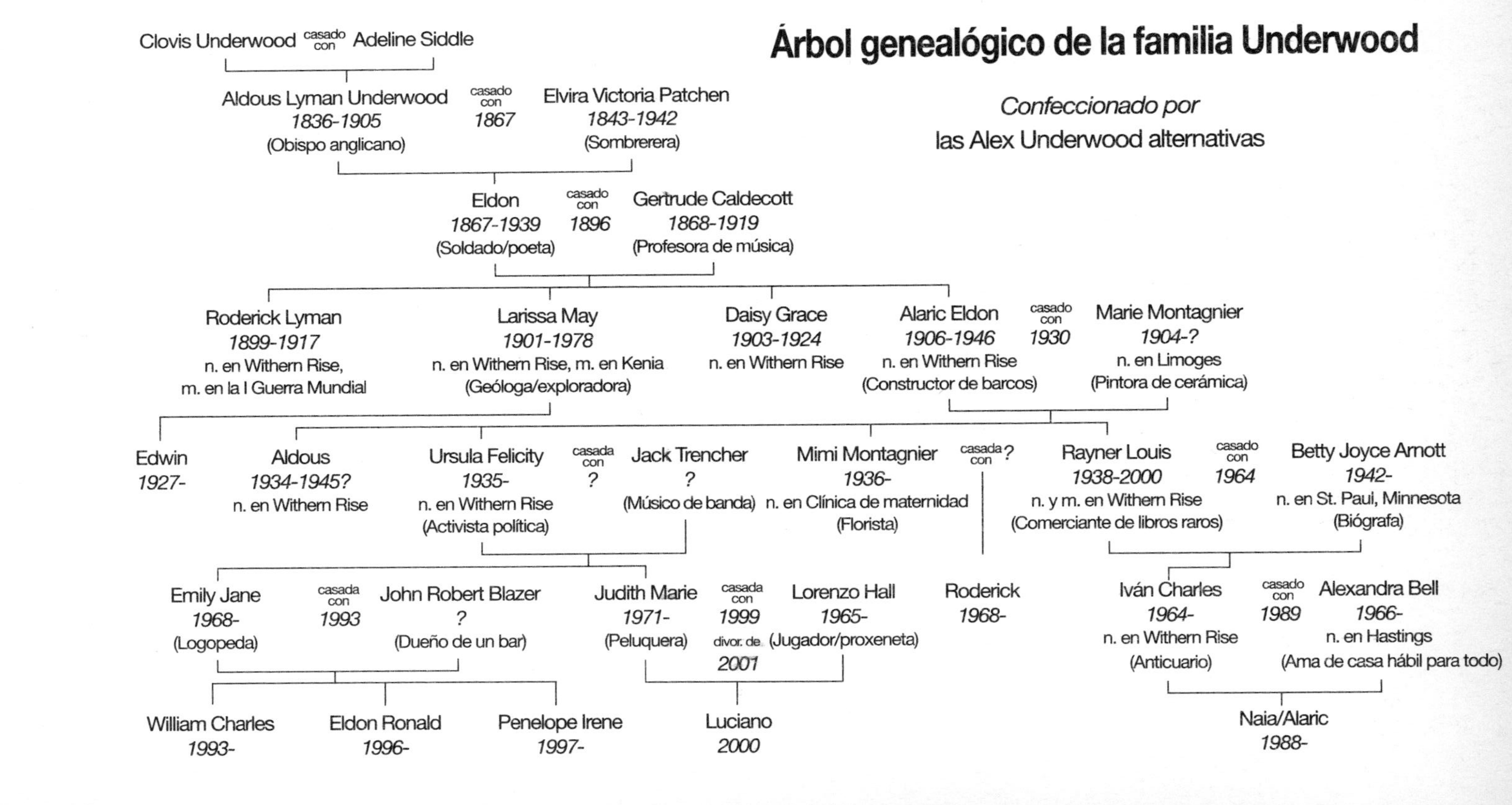
Árbol genealógico de la familia Underwood
Confeccionado por
las Alex Underwood alternativas
Clovis Underwood casado con Adeline Siddle
Aldous Lyman Underwood
1836-1905
(Obispo anglicano)
casado con
1867
Elvira Victoria Patchen
1843-1942
(Sombrerera)
Eldon
1867-1939
(Soldado/poeta)
casado con
1896
Gertrude Caldecott
1868-1919
(Profesora de música)
Roderick Lyman
1899-1917
n. en Withern Rise,
m. en la I Guerra Mundial
Larissa May
1901-1978
n. en Withern Rise, m. en Kenia
(Geóloga/exploradora)
Daisy Grace
1903-1924
n. en Withern Rise
Alaric Eldon
1906-1946
n. en Withern Rise
(Constructor de barcos)
casado con
1930
Marie Montagnier
1904-?
n. en Limoges
(Pintora de cerámica)
Edwin
1927-
Aldous
1934-1945?
n. en Withern Rise
Ursula Felicity
1935-
n. en Withern Rise
(Activista política)
casada con
?
Jack Trencher
?
(Músico de banda)
Mimi Montagnier
1936-
n. en Clínica de maternidad
(Florista)
casada con ?
Rayner Louis
1938-2000
n. y m. en Withern Rise
(Comerciante de libros raros)
casado con
1964
Betty Joyce Arnott
1942-
n. en St. Paul, Minnesota
(Biógrafa)
Emily Jane
1968-
(Logopeda)
casada con
1993
John Robert Blazer
?
(Dueño de un bar)
Judith Marie
1971-
(Peluquera)
casada con
1999
divor. de
2001
Lorenzo Hall
1965-
(Jugador/proxeneta)
Roderick
1968-
Iván Charles
1964-
n. en Withern Rise
(Anticuario)
casado con
1989
Alexandra Bell
1966-
n. en Hastings
(Ama de casa hábil para todo)
William Charles
1993-
Eldon Ronald
1996-
Penelope Irene
1997-
Luciano
2000
Naia/Alaric
1988-

ÍNDICE

¿Volverán a encontrarse Naia y Alaric? En ese caso, ¿qué Naia, qué Alaric... y cómo?

Descúbrelo en la segunda parte de El Lexicón de Aldous, en la que ya han pasado cuatro meses y los terrenos de Withern Rise quedan inundados...

La Escritura Desatada